Hablando con las flores

Macarena Donoso

Ahí estabas tú
Con tus manitos pequeñas
Tocando mi oreja

Dedicado a mi hijo Daniel

Capítulo 1

Dimorfotecas

Me quedé dormida mientras tenía a José acurrucado en mi pecho. Con sus manitos masajeaba mi pelo, me tocaba la oreja y jugaba con mi lóbulo como era de costumbre. Se paraliza un momento el mundo y solo eres tú, yo y el pecho. Ese cosquilleo exquisito de la mente en blanco, que pocas veces se me ocurre y el divagar entre caer a los brazos de Morfeo o dejar limpia la cocina para el día siguiente. Muchas veces, rendida de cansancio, me he dormido yo antes que José. Intento mantenerme despierta lo que más puedo. Escucho música con los auriculares que me prestó Lucía y ese aparato arcaico en el que se inserta un mini disco.

Me aprendí de memoria las canciones mexicanas que tanto le gustan a Lucía. A veces le pongo atención a la letra para no quedarme dormida. La mayoría son de amor y la falta de él. Que ajenos me parecen esos sentimientos de enamorarse y la ilusión de las miradas. Imagino que fueron buenos años los que vivió Lucía y debo decir que yo también algo tuve de esa época en la que aún no sobrevivíamos, no escapábamos y la comida no escaseaba. La época del lujo de poder decidir y enamorarse.

Aquel día, después de estar tan a gusto lidiando con ese corto pero reparador sueño, me levanté, puse a José en su cuna y fui a buscar un vaso de agua a la cocina. Supuse que Lucía estaría escribiendo, como era de costumbre. No era necesario ir para saber que estaría sentada en la esquina del mueble isla de la cocina, con el cabello largo y cano cayendo por un lado de su hombro, con la cabeza apoyada sobre su mano izquierda, y sus grandes lentes redondos cubriendo la mayor parte de su cara. Con esa expresión de que aún no es suficiente el aumento de los lentes ni la luz, para llevar a cabo su escritura.

La luz de la casa era cálida y de poco alcance. Desde afuera, no se sospechaba que había gente viviendo en la casa. Las cortinas no permitían que la luz se colara hacia el exterior. Siempre hay que ser cuidadosos a la hora de cerrar las cortinas antes de que se vaya el sol. Vivir escondidos es una rutina que debe llevarse a cabo con precisión. Un pequeño error podría ser el fin de todos en la casa.

No sé cuánto tiempo transcurrió en todo ese proceso de limpiar a José, ponerle su pijama de autos y dormirlo. Pero jamás me imaginé entrar a la cocina encontrarme con Lucía en el suelo, su bata celeste amarrada a la cintura, y toda bañada en sangre.

No sé cuánto tiempo transcurrió, sentía mi cara hinchada y ardiendo de tanto llorar. El cuerpo de Lucía estaba tirado en la cocina desangrándose y yo sin poder hacer nada. ¿Quién pudo entrar y hacer esto? ¿Fueron ellos? ¿Por qué no nos mataron a José y a mí? Lucía tenía clavado el cuchillo de cerámica morado de la cocina en el centro del pecho y yo estaba paralizada viendo como escurría la sangre fuera de su cuerpo. Me encontraba inmóvil y no dejaban de caerme lágrimas por las mejillas, quería gritar de espanto, pero no podía, como si mi garganta se hubiese trabado del pánico. No me salía la voz. No sé cuánto tiempo pasó, me acerqué a su cuerpo y tomé su mano.

—No nos dejes Lucía, no te vayas.

Me quedé con ella unos minutos, le acaricié el rostro y el pelo. No podía creer lo que estaba viendo. Después de unos minutos temí por mi vida y la de José, quién le hizo esto a Lucía, bien nos podría hacer lo mismo a nosotros.

Corrí a la puerta y noté que no estaba con llave. La reforcé inmediatamente y verifiqué que todas las puertas y ventanas estuvieran con seguro.

—Si nos hubiesen descubierto ya estaríamos todos muertos.

Tuvo que ser un loco, algún fugitivo, un psicópata enfermo que entra a una casa solo a matar a una pobre vieja.

Cómo no escuché nada, cómo no sentí la puerta, cómo no oí a Lucía gritar o cuando cayó al suelo. Recordé que mientras hacía dormir a José, tenía los auriculares puestos.

¿Y si aún se encontraba en la casa el asesino? Tomé un cuchillo de la cocina y fui a ver a José. Estaba durmiendo tranquilo. Revisé cada uno de los cuartos, los baños, debajo de las camas, los closets, nada.

Volví con Lucía. Su cuerpo tomó un tono verdoso, amarillento. Se puso inflexible y pesada.

Me arrodillé al lado de su cuerpo y le pedí a su Dios, del que tanto me habló este tiempo, que la llevara consigo y le diera una casa llena de flores, tal como a ella le gustaba. Lloré amargamente sobre el pecho de la mujer que me volvió a la vida, que nos dio un techo y en poco tiempo, se convirtió en una abuela para José y madre para mí, la mujer que nos dio todo. Mi ropa estaba completamente ensangrentada. Nunca había visto tanta sangre.

Quise sacar el cuchillo que tenía clavado, era un cuchillo de cerámica grande, estaba muy profundo, con casi toda la hoja albergada en el centro de sus costillas. No me quedó otra que apoyar un pie sobre su pecho mientras no dejaba de llorar y le seguía pidiendo perdón por permitir que le pasara esto. Estaba tan profundo que no fue fácil quitarlo. Mis zapatillas se tiñeron con su sangre.

Sabía que no podía dejarla sobre el piso de la cocina, pero tampoco podía encargarme de Lucía en ese momento. Ni el corazón ni las fuerzas me daban para esa tamaña empresa. Tenía mucho temor de quién le había hecho esto a Lucía, pudiera venir por nosotros más tarde. Vi una escopeta cerca del cuerpo de Lucía, nunca la había visto antes. La tomé y la dejé sobre el mueble tipo isla de la cocina. Después vería qué hacer con esa arma, primero debía encargarme de Lucía, o más bien de su cuerpo. Me temblaban las manos, las piernas, me temblaba todo. Lloraba a ratos e intentaba calmarme para que José no despertara y se encontrara con esa escena de película de terror. Tomé varias toallas grandes que Lucía manejaba en su baño. Envolví su cuerpo con cuidado, tratando en lo posible que su cuerpo no se golpeara, despacio. Acaricié sus manos y sus brazos. Le pedía a su cuerpo que me ayudara a envolverla para que ambas pudiéramos descansar. Saqué un rollo de papel film de embalaje que estaba almacenado en la bodega y la envolví. Su rostro de pronto había cambiado tanto. Me parecía tan ajeno y amarillo. Su rostro fue lo último que cubrí, no sin antes despedirme con un beso en la frente. La arrastré por el piso hasta llegar al baño de su pieza y con bastante dificultad, la puse en la tina. Limpié la cocina lo mejor que pude con todos los trapos que estaban disponibles.

Estaba cansada, exhausta, y quería quitarme la sangre de Lucía, mi sudor, y ojalá todo recuerdo de mi piel que me recordara ese momento. Me dirigí al baño que utilizábamos con José y llevé la escopeta en caso de que el asesino volviera.

Me di la ducha más larga que me había dado en 3 años. Cuatro minutos de agua golpeando mi piel sin parar.

Ahí me quedé, inerte, no pude sentir nada más que mi alma. Gasté litros de agua y no fui capaz de tomar el poco jabón que la misma Lucía había hecho o el champú que cada tanto fabricaba.

Me toqué los brazos y traté de contenerme al hacerlo, entonces recordé los abrazos de Lucía, esos que nunca volvería a recibir. También pensé en ella, en las cosas que jamás viviría, como volver a ver a su hijo.

El rocío acumulado en el estanque que alimentaba la ducha seguía corriendo sobre mí, lo hice sabiendo que quizás no me quedaría agua para el resto de la semana. No podría lavarme las manos, cocinar, ni mucho menos lavar, y ya no me quedaba ropa limpia. Pero nada de eso me importó, necesitaba de alguna forma no solo lavar mi cuerpo, sino mi mente y mi alma de tamaña tragedia.

Me armé de valor y envuelta en una toalla blanca, grande, con la escopeta en mano, caminé hacia la habitación de Lucía en busca de ropa. Pasé sigilosa por fuera del baño donde Lucía yacía. Tratando de hacer poco ruido, como para no despertarla. Intentando creer en el fondo de mi corazón que no estaba muerta, sino dormida y mañana volvería a despertar y yo le traería café a la cama.

Abrí su closet normando, que debía tener más de un siglo desde que fue construido en esa madera noble. Estaba toda su ropa, sus botas de color café con chiporro, sus chaquetas de plumas, de *jeans*, sus chalecos de lana, sus batas gruesas para levantarse en el invierno.

Tomé una celeste, parecida a la que traía puesta, con florecitas de pétalos rosas en su costado izquierdo y me, envolví en su dulce olor a jazmín y jabón. Mis ojos repasaban su ropa y yo recordaba de las veces que la había visto con esos atuendos. O quizás la imaginaba en mi mente, recreándola para volver a sentirla y verla.

En sus cajones estaban minuciosamente doblados sus calcetines y su ropa interior. Tomé uno de cada uno. Abrí el cajón de los pijamas. Tenía al menos diez perfectamente doblados. Celestes, rosados, anaranjados, palo de rosa, con flores, otros de seda de verano en tonos azules, celestes, y morados. Los colores de Lucía eran siempre los mismos, igual que su jardín de flores.

 Tomé el pijama rosa largo y me lo puse. Volví a envolverme con su bata celeste y apagué la luz de su pieza. Antes de salir de su dormitorio, pasé por fuera de la puerta del baño y le susurré, <<Buenas noches, Lucía>>.

Podía escuchar el sonido de las olas en medio de esa oscura noche. Apagué las luces de la casa y corrí apenas una cortina del comedor. Había una luna llena, hermosa y la noche parecía día. Se podían distinguir con precisión los árboles que se balanceaban con el viento, las flores, las piedras. Me parecía que todas las plantas que Lucía había cuidado por tantos años le hacían una reverencia de despedida. El cielo estaba prístino y escarchado de estrellas.

—¿Cómo podré con todo esto sin ti? Lucía. Me dejaste sola —pregunté al aire imaginando que podía darme una respuesta.

Fui a mi habitación, apoyé la escopeta en el closet y tomé a José desde su cuna, se había aferrado a su jirafa con luz y seguía dormido. Lo cambié a mi cama y lo acurruqué conmigo. Que se sintiera seguro con mi calor y el sonido de mi corazón. Lo abracé fuerte y eso me ayudó a tranquilizarme. Di gracias porque ambos seguíamos con vida. Su cabecita sudorosa sobre mi pecho me hizo encontrar un poco quietud en medio de la noche más triste. En algún momento, después de mojar la almohada con mis abundantes lágrimas, me dormí. No sé cuánto tiempo pasó y cuando volví a despertar, me asaltó el recuerdo y la angustia de ver el cuerpo de Lucía fallecido.

Cómo te voy a expresar lo agradecida que estoy Lucía, por todo lo que has hecho por nosotros. Unos completos extraños que se cruzaron en tu camino. Con hambre y solo una mochila a cuestas. Nos diste un hogar, comida, una habitación dentro de tu casa. Nos diste tanto Lucía. Tu calor, tu cariño. Me dije mientras apretaba la almohada y lloraba.

Las preguntas no me dejaban dormir, ¿de dónde apareció la escopeta? ¿La trajo el asesino? Y ¿Si la trajo el asesino, por qué no la mató de un tiro y en vez de eso le clavó un cuchillo? ¿Será que Lucía quiso defenderse y tomó el cuchillo, pero las cosas resultaron mal y terminó con el cuchillo en su pecho? O ¿la escopeta era de Lucía y nunca antes me la enseñó y no alcanzó a matar asesino? Las respuestas eran siempre las mismas, un silencio perpetuo que llenaba de más preguntas mi cabeza. Creo que voy a enloquecer.

***

En algún momento volví a dormir y siete horas después, desperté con la imagen de su cuerpo derrumbándose y sus ojos perdiéndose en la nubosa eternidad. Qué pesadilla más espantosa, pensé. Me levanté deseando que todo fuera un mal sueño. José estaba en pie y jugaba con unos autitos sobre mi cama, sin molestarme. Como si supiera que mi cuerpo y mi alma necesitaban un respiro y dormir para olvidar todo, aunque sea por algunas horas. Tomé un pan que habían quedado del día anterior, lo calenté y se lo di a José después que tomó la leche en la mamadera.

No he podido comer nada, solo tomé un café. No dejaba de mirar hacia la puerta de la habitación donde estaba Lucía desangrándose.

Sabía que su cuerpo no podía seguir eternamente en el baño. Debía sacarlo y enterrarlo. Miré por las ventanas y a lo lejos, me pareció ver el reflejo del mar. La primavera ya daba muestras de haber llegado. Los colibríes se paseaban gozosos de flor en flor entre los plumeros azules y las alstromerias, ignorantes de que había muerto la mujer que cuidaba las flores que ellos tanto disfrutaban.

El suelo se cubría de pasto tierno encendido, un verde casi fluorescente que hacía juego con el amarillo anaranjado de los dedales de oro. A Lucía le habría encantado el sol que coloreaba todo su jardín, pensé y me sentí extraña y culpable de estar disfrutando este espectáculo sin ella.

Lucía amaba el comienzo de la primavera y los pájaros de la mañana, quizás por eso era justo tenerlos como invitados al improvisado funeral que estaba pronto a ejecutar.

Mi taza de café iba por la mitad cuando me di cuenta de que mis mejillas estaban mojadas, no había parado de llorar en todo ese tiempo. Caían una tras otra y solo eran interrumpidas por mis suspiros. ¿Cómo podía llorar tanto y no darme cuenta? No tuve respuestas más que el silencio absoluto de esa casa casi vacía, porque Lucía lo llenaba todo.

La casa de Lucía es de madera y tiene tres habitaciones y tres baños. Está en medio de un bosque de pinos que se elevan por el cielo. También hay eucaliptos pomposos que dejan caer sus cocos sobre la tierra y muchas veces caen también sobre la casa, arrastrados por el viento. Cuando es de noche y caen cocos, me quedo despierta para ver si efectivamente son los cocos del eucalipto o ya llegaron por nosotros.

Ese bosque es un escondite perfecto. La casa mira al poniente y está sobre una colina de pinos. Por entre los árboles, en días soleados, se puede ver el brillo del mar a lo lejos. La casa de madera, pintada de verde oscuro, se camufla perfectamente entre los altos pinos.

A un costado de la casa, se produce una pequeña zona, cercada de árboles, donde caen los rayos del sol sin interrupción. Allí se encuentra el jardín de Lucía. Un camino de piedras pequeñas en tonos grises acerados lleva hacia aquella milagrosa explosión de color en medio del bosque. Parece un jardín encantado. Se elevaban los plumeros azules y morados y unas camelias blancas. Comparten morada con dimorfotecas fucsias, rosadas, blancas y hortensias de casi todos los tonos del arcoíris. Las lavandas se abren paso y crecen entremezcladas, formando ramilletes por doquier. El Romero emerge entre los cardenales y las alstromerias y se elevan presuntuosos los azulillos, los huilmos y las armenias. Solo estaba permitido el paso de las abejas y picaflores. Las flores estaban resguardadas por unos bolones grises, que delineaban el camino de piedras de la tierra florida. Lucía trabajó más de veinte años en su jardín y se ve su mano cuidadosa y detallista en cada uno de los espacios. El lugar favorito de Lucía era ese y ahí debía enterrarla.

Me puse unas botas de agua, un buzo viejo que ya estaba sucio y me fui al jardín con una pala, mientras José miraba su película favorita por milésima vez, la película del auto rojo que habla.

Cuando todos vivíamos en la era digital, Lucía guardó televisores viejos, reproductores de DVD, VHS, y varias otras tecnologías antiguas análogas. No sé si lo hizo de manera consciente o simplemente metió a una bodega cosas antiguas. Gracias a eso, José puede ver una película sin conectarse a ninguna red y, por lo tanto, no estamos emitiendo ninguna señal que pudiera delatarnos.

En un espacio natural que se formaba entre plumeros azules y las dimorfotecas blancas, cavé un hoyo de unos dos metros de profundidad. Lo hice con un esfuerzo sobrehumano, sentí como mi espalda se desgarraba y miles de lágrimas que se absorbían en esa tierra café arenosa que iba cambiando de color a medida que descubría sus capas.

Fueron necesarias varias pausas y películas. El auto rojo que habla en todas sus versiones, y la primera temporada de los perritos que salvan al mundo. No sé si fueron exactamente dos metros, quizás fue menos, pero a mí me parecían dos metros. Cuando ya estaba anocheciendo, entré en la casa y recordé que martín, el perro que había hecho todo el día de niñero de José, no había salido a hacer sus necesidades. Lo dejé salir por unos minutos mientras me bañaba y me ponía el pijama rosa de dos piezas. Esa vez fue una ducha corta, como las de siempre, treinta segundos para mojar y cortar el agua. Jabonar y un minuto para enjuagar. Afortunadamente aún quedaba agua.

Esa segunda ducha, en menos de veinticuatro horas, era algo que no me podía permitir, pero tampoco podía cocinar la cena, ni hacer dormir a José en ese estado. Tenía arena y tierra desde la cabeza hasta los pies. Encontré tierra hasta en los lugares más escondidos de mi cuerpo. Mi cara tenía barro, que se había formado con la mezcla de lágrimas, mocos y tierra. Una vez limpia, preparé un conejo congelado que había en la nevera con arroz y comimos. La comida no me supo a nada, podría haber sido caviar o suela de zapato, no podía sentir el sabor de las cosas. Todo me parecía lo mismo.

Después de cenar, escuché los rasguños de martín en la puerta y lo dejé pasar. Venía lleno de tierra, pero a esa hora y con lo exhausta que estaba, no podía hacer mucho. Así que lo dejé durmiendo fuera de la habitación. Caí en cuenta que era mi primera comida del día, tomé a José, lo acurruqué en mi pecho y caí desmayada de cansancio hasta el otro día.

Llovió toda la noche y el foso que hice para enterrar a Lucía, estaba lleno de agua. ¡Maldito clima! El cerro de tierra y arena, que se acumuló junto al socavón, se desmembró y esparció por todos lados. La mitad del sedimento volvió al hoyo desde donde había salido, impulsado por el agua que escurría hacia el fondo. Las dimorfotecas se quedaron bajo tierra, quedando completamente sepultadas.

Hoy nuevamente fue un día del auto rojo en todas sus películas. Esta vez estuve junto a José esperando que mejorara el tiempo para poder enterrar definitivamente a Lucía, sin dejar de pensar en cómo iba a hacer para tener la fuerza y el coraje de sacar su cuerpo de la bañera y arrastrarla hasta la tumba que le estaba preparado. No sin antes, tratar de sacar toda el agua posible para almacenarla en nuestro estanque. Son tiempos en que ya no llueve y aunque este sea el peor momento para una lluvia, no puedo dejar de pensar que es una bendición. Es como si el cielo llorara la partida de Lucía. O que ella hubiese mandado lluvia para su jardín, para que sigan sobreviviendo sus flores que tanto amaba y decore su lecho de muerte. También existía la posibilidad que no significara nada, y solo fuera un aviso de que las cosas volverían pronto a la normalidad.

Mientras José miraba la pantalla, jugaba con su autito imitando la película, yo no dejaba de pensar en Lucía. Aún está presente su olor a jazmín y jabón por toda la casa.

Ese día debía estar enterrando a Lucía y estaba mirando dibujos animados con mi hijo. Siendo bien honesta, no sé si habría tenido el coraje de sacar a Lucía, ponerla en ese hoyo y volver a poner toda esa tierra ahí dentro. Debía hacerlo, eventualmente. Pero ese día, no estaba preparada para dejarla partir de mi vida. El día anterior había agotado toda mi energía cavando y la lluvia era la excusa perfecta para dejarla un día más en la casa, aunque solo fuera su cuerpo.

No podía hacer otra cosa que ver películas con José. Tomé un poco de maíz, calenté un sartén y le hice maíz inflado a mi niño. Mientras todo se derrumbaba, fuera como dentro de la casa, hicimos un alto y solo vimos al auto rojo y sus amigos, nos reímos, adoramos al auto con los dientes separados, nos enamoramos de la auto de pestañas crespas y sentimos una gran admiración por el legendario corredor de autos.

<<brrrrrrrmmmmmmmmmm brrrrrmmmmmmm>>, hacía mi niño cuando el auto rojo participaba de las carreras, tomaba el suyo y lo hacía andar. Ese día quise olvidar todo, quise descansar. Pretender que todo estaba bien. Era un día de lluvia, nublado, frío, y nosotros estábamos arropados con mantas, comiendo palomitas de maíz viendo dibujos animados, cantando canciones mientras Lucía yacía muerta en el baño de su pieza.

Al siguiente día, ya estaba decidida. El funeral sería en unas horas. Apenas desperté, me puse el mismo buzo sucio de la vez anterior y salí al jardín mientras José aún dormía. Soplé una manguera para sacar toda el agua del foso. La distribuí en baldes y la almacené en bidones.

Era el momento perfecto. José dormía y el hoyo ya no tenía agua. Tomé mi corazón, lo doblé en cuatro y lo metí en mi bolsillo, junto con mi asco, mi dignidad y la culpa de no haber evitado la tragedia.

El cuerpo seguía en la bañera, parecía que se había inflado. El plástico sobre las toallas parecía muy tirante. Tomé una colcha vieja, la puse en el suelo y con mucho trabajo, tomé el cuerpo duro e inerte de Lucía y lo puse sobre la colcha. Lo arrastré hacia afuera de la casa. Bajé las escaleras con él mientras caía peldaño a peldaño. Las toallas estaban todas teñidas de rojo, con sangre seca y oscura. Con mucho esfuerzo, bañada en mi propia transpiración, llegué al socavón, puse a Lucía y comencé a taparlo lo más rápido que pude. Sin mirar. Moví la tierra con la habilidad de un jardinero experimentado y después de un rato, no sé cuántas horas pasaron, al fin terminé de tapar la tumba, con Lucía ahí dentro, entre los plumeros azules y las dimorfotecas blancas. Corté una camelia blanca y la puse sobre la tierra en señal de que ya estaba hecho y me dio un cierto alivio. Escuché a José llorar. Entré a la casa y lo atendí. No volví a acercarme al jardín.

Capítulo 2

Hortensias

He hecho algunas cosas que jamás pensé que haría. A veces siento que no me reconozco, no sé muy bien quién soy ni en quién o qué me he convertido. Ya no queda nadie de mi mundo, solo José, que depende completamente de mí.

Cuando no tengo pesadillas con Lucía, sueño que me muero y José me busca y no tiene qué comer, siempre me despierto con impotencia y llorando. Otras veces sueño que finalmente nos encuentran y llega nuestro fin.

Han muerto montones de madres con sus hijos en las ciudades. Fueron las más vulnerables al no poder escapar, prefirieron quedarse y tratar de resistir junto a sus pequeños. Al menos murieron todos juntos. No sé si tiene algún sentido seguir viviendo o si esto se va a terminar algún día. Solo intento seguir. No sé bien cómo hacerlo. Solo sé que necesito proteger a mi Hijo. José tiene solo un año y medio, de los cuales la mitad de su vida ha vivido como un bebé normal. El resto del tiempo hemos estado sobreviviendo o escapando.

No sé cuánto más pueda resistir, siento que mi cuerpo, corazón y mente no me dan más.

El mundo dejó de ser el que alguna vez conocí. El orden se alteró por completo. La escasez de agua obligó a los gobiernos a tomar el control de la poca agua dulce que quedaba. Los embalses, las lagunas y los pocos ríos que aún tenían caudal, eran resguardados por los militares. Lo mismo ocurría con las siembras. Los gobiernos tuvieron que hacerse cargo de la agricultura y resguardar las cosechas, para poder distribuirlo entre la gente de la forma más equitativa posible. Pero el alimento siempre fue menos que la necesidad y eso llevó al caos.

Los más ricos siguieron obteniendo abastecimiento, pues podían pagarlo, aunque fuera a un precio muy elevado o en mercado negro. Los pobres y la clase media fueron los más afectados. Las ciudades terminaron quedándose vacías por la falta de alimento y agua. Los departamentos y las casas fueron abandonadas.

Grandes ciudades capitales, fueron quedándose sin moradores. Solo había desolación y cadáveres. Muchos de los que sobrevivieron emigraron al campo, otros a las montañas, donde sobrevivieron con pozos ilegales para extraer agua, o encontraron alguna vertiente que no quedó dentro de los registros militares.

Los bancos y los servicios financieros quebraron. Las personas estaban preocupadas por sobrevivir, ya nadie pagó nunca más una deuda. Solo se buscaba sobrevivir.

El mayor retroceso a nivel mundial en la historia de la humanidad. El cambio climático, y la sequía mundial que produjo, hizo que los sobrevivientes cambiaran su manera de ser, de vivir y sobrevivir.

El calentamiento global hizo que el clima de la tierra cambió por completo y gran parte de la tierra se hizo inhabitable. Lugares cercanos a los trópicos y otros lugares desérticos, se volvieron mucho más calientes a temperaturas que el hombre no podía tolerar. Por el contrario, otros lugares vivieron en una eterna noche blanca. A ellos no les faltaba el agua, pero el frío era a tal nivel, que era poco probable sobrevivir. No había sistema de calefacción que pudiera mantenerse encendido. Muchos murieron congelados en el sueño.

En los sectores más críticos de escasez de agua, las centrales hidroeléctricas dejaron de funcionar, el caudal era muy escaso, por lo que la mayoría del planeta se quedó a oscuras. Solo funcionaron las energías renovables y las fotovoltaicas. Los paneles solares se volvieron una necesidad primordial y los precios subieron a niveles increíbles, al igual que todo lo necesario.

Las familias se separaron, buscando alimento y refugio. Muchas personas vieron por última vez a sus hijos, abuelos, tíos. La necesidad fue sobrevivir y eso implicó, la mayoría de las veces, separaciones dolorosas. Muchas personas optaron por el suicidio antes de separarse de sus familias y se inmolaron familias completas.

Las telecomunicaciones siguieron siendo muy importantes, pero muchas personas prefirieron prescindir de la tecnología, porque se volvió el mayor peligro. Hackers expertos detectaron de dónde se emitían señales. Esto podría significar un refugio con comida, agua y abrigo y los asaltantes no se hacían esperar.

La confianza se perdió. Cualquier persona con tal de sobrevivir o de darle alimentos a los suyos, fue capaz de convertirse en el peor ser humano. Predominó la ley del más fuerte y la vida era solo para aquellos que estaban dispuestos a luchar por ella. Muchos pensaron que el mar sería la solución a los problemas, pero desalinizar el agua de mar fue un proceso largo y caro. Solo alcanzó para un muy reducido número de personas.

Las escuelas tuvieron que cerrar. Los hospitales estaban abiertos, pero con muy pocos recursos y muchos moribundos. Los cementerios no daban abasto. Los muertos eran tantos que se tuvieron que hacer fosas comunes. El problema sanitario que originaban los cadáveres llevó a hacer imposible las labores de reconocimiento. No sé sabía quiénes eran las personas que habían fallecido. Eran tantos los muertos por hambre y sed, que no siempre la toma de huella de los cadáveres era factible.

Los gobiernos proporcionaron la comida del personal médico y sus familias, para seguir trabajando. Se crearon villas resguardadas por militares. Ahí podían tener acceso al agua y alimentos.

Los zoológicos dejaron de ser un atractivo turístico, educacional y de entretención. Se convirtieron únicamente en preservadores de especies, con la esperanza de que la sequía algún día terminara y poder repoblar la tierra nuevamente con animales. También tuvieron que ser resguardados militarmente. El hambre hacía que cada cierto tiempo fueran atacados con hordas de personas para matar y comer animales.

Los parques poco a poco fueron desapareciendo. Estaban condenados a muerte. La primera necesidad era el consumo humano, por lo que el pasto, era parte de un lindo recuerdo del pasado. Los árboles se empezaron a secar de a poco. Algunos árboles grandes y frondosos seguían sobreviviendo, sus raíces largas y añosas, encontraban la forma para tomar algo de agua de napas subterráneas y se resistían a la muerte.

La muerte de la mayoría de los árboles provocó que la tierra se hiciera más caliente aún. El calor en muchos lugares era insoportable. Un verdadero infierno en la tierra.

Algunos pocos lugares en el mundo conservaron agua, por su geografía, por estar cerca de los polos. Eso provocó un alza de precios en los pocos territorios en los cuales aún era posible sobrevivir. Al poco andar, cuando la desesperación quitó la vergüenza, la propiedad privada dejó de ser privada y se convirtió en el privilegio de quien, a punta de armas, pudo pelear por ella.

como una mujer va a dar a luz y comienza con síntomas de parto con dolores y contracciones, así mismo fueron las señales que se vieron en toda la tierra, era el comienzo del fin.

Comenzaron a aparecer nuevas enfermedades. Mutaciones de virus y bacterias. El abuso de los antibióticos en tiempos pretéritos hacía que ya no tuviesen efecto en el ser humano.

Enfermedades terminales, como el cáncer y otras degenerativas, comenzaron a desaparecer, pero comenzaron a desarrollarse otras, producto del estrés, el cansancio y la soledad.

Los insectos se redujeron año tras año hasta que muchos se extinguieron. Esto afectó la polinización y la cadena alimenticia. Mucho se habló de las abejas, pero pocos países adoptaron políticas públicas para protegerlas. Para cuando el mundo creó conciencia, ya fue demasiado tarde.

Hubo muchas señales de escasez de agua, pero los que estaban más atentos, lo entendieron.

Las bases de los árboles fueron secadas por los animales silvestres los conejos, ratones, comían la corteza de la parte inferior de los árboles y plantas para extraer savia y así acceder a un poco de humedad. Murieron animales en muchos lugares de la tierra, en las zonas más afectadas por falta de agua. Se comenzaron a ver animales silvestres y salvajes en lugares donde nunca antes se habían visto. Ellos ingresaron a las ciudades en busca de alimento y agua.

Muchos puentes quedaron como vestigios de que algún día bajo sus cimientos, alguna vez pasó un río. Cuando todavía la catástrofe no era tan evidente, las carreteras continuaron pasando por sobre esos lechos secos y desérticos, pero las personas absortas por la tecnología, las redes sociales y las necesidades de sus propias vidas, pasaron por los territorios secos, los miraron, pero realmente no los vieron y menos se imaginaron todo lo que vendría.

Desde pequeños se nos enseñó que las antiguas civilizaciones se asentaban cerca del agua. Cuando el hombre dejó de ser nómade y se instaló en un lugar, la decisión fundamental para elegir ese lugar fue su cercanía al agua.

La realidad actual no era muy distinta. Si pensamos en todas las grandes ciudades, están cerca de ríos, lagos o alguna fuente de agua dulce que permite la vida. Pese a tener el agua muy cerca de nuestras ciudades, no nos dimos cuenta cómo los niveles de agua bajaron bruscamente, hasta que en muchos lugares el agua simplemente desapareció.

La agricultura y la ganadería sufrieron un fuerte golpe, una de las materias primas para su producción escaseaba, por lo que los precios de las verduras, frutas y animales, se incrementó. El agua se convirtió en un bien de consumo escaso y de valor impagable.

No fue posible continuar con la producción de alimentos como paltas, las frutillas, el brócoli, los espárragos, las manzanas y el chocolate. Tampoco carnes rojas y pollo. Pues los procesos productivos requerían muchos litros de agua.

Muchas organizaciones salieron a alertar a la población sobre las catastróficas consecuencias de lo que se venía. Las alarmas que por años científicos, religiosos, estudiosos y activistas nos entregaron finalmente se cumplieron, hicimos oídos sordos a todas sus alertas y los llamamos exagerados, mentirosos.

Paralelamente, el aumento explosivo de la tecnología dejó a miles de personas sin empleo. La tecnificación de las tareas y el reemplazo de la mano de obra por máquinas y la inteligencia artificial fue tan sorpresivo, que la gente no tuvo oportunidad de prepararse para reinventarse, fue el gran detonante del caos. El desempleo estaba en unos niveles abrumadoramente altos en todo el mundo. No solo eso, las máquinas y robots estaban siendo programados cada vez más para pensar y tomar decisiones, que el ser humano se fue haciendo innecesario. Los robots no necesitaban horarios de descanso, indemnizaciones, vacaciones ni aguinaldos. No se les pagaban horas extras. Tener robots hizo mucho más eficiente las producciones, en menos tiempo, con menores costos y utilidades mayores.

Antes de eso, nos encontrábamos trabajando, produciendo, inmersos en las preocupaciones de la vida diaria, preocupados que a nuestros hijos no les faltara nada. Peleando con las deudas. Pensando en que la felicidad estaba en tener la casa propia, comprar el auto más grande. Tener una casa en el campo o en la playa para ir a veranear en familia. Estábamos tan ensimismados en nuestras necesidades, en el querer, obtener, comprar, pensando que eso nos haría más felices, nos haría mejores personas o simplemente nos convertiría en alguien. Abstraídos en el desarrollo profesional, en viajar, en los placeres. Pero nos olvidamos de lo más importante. Dimos por sentado que la tierra y sus recursos naturales estarían ahí para siempre, pues siempre habían estado, ¿Por qué habría de ser distinto esta vez?

Siempre estuvimos en busca de la felicidad y no nos dimos cuenta de que teníamos todo para ser felices. ¿En qué momento dejamos de observar el cielo? ¿Cuándo perdimos el asombro al ver las praderas teñidas de flores silvestres? ¿Cuándo nos dejó de importar lo sucias que estaban las playas y las descargas ilegales de químicos nocivos en los mares?

En qué momento fuimos tan indolentes y no entendimos que todo el daño que estábamos haciendo a la tierra, ya sea por acción u omisión, nos estábamos destruyendo a nosotros mismos.

Algunos más determinados, dieron los avisos, estudiaron las consecuencias y los dieron a conocer por medio de distintos movimientos y organizaciones, pero fueron opacados por poderosos, con el corazón confundido de ambición y poder, y pensando más en las utilidades, ellos, junto a cada uno de nosotros, cómplices pasivos, destruimos nuestro mundo y a nuestras familias. Lo único que no ha muerto, es la esperanza. Por lo menos no la mía.

Capítulo 3

Plumeros Azules

El día que llegamos a casa de Lucía, estaba exhausta. Pensaba en que había llegado nuestro fin. Con José habíamos bajado de peso, quedaban pocas provisiones, poca agua y era cosa de un par de días más para perecer, en medio del bosque. Hacía al menos dos semanas que no me bañaba, mi pelo largo castaño oscuro, estaba aún más oscuro y polvoriento, pegado a la nuca con una capa grasienta. Yo estaba pálida y más blanca de lo que siempre fui. Me miraba la palma de las manos y podía contar las venas azulinas que la cruzaban.

Estuve caminando por días con José sobre mi regazo, cargándolo en su mochila transportadora que se ajustaba en mi espalda y cuello. Llevaba una mochila que cubría casi todo mi cuerpo, Contenía unas medidas de leche, agua, unos pocos panes, unas barras de cereal, pañales, una frazada y un pequeño espejo para poner bajo la nariz de José y asegurarme que respiraba mientras dormía. Eran todas nuestras posesiones.

Caminé en medio del bosque, hacía frío, pero era tanto mi esfuerzo por continuar caminando con José en los brazos, que sudaba. Nuestra situación era límite, pero al menos estábamos vivos, hasta ese momento al menos. Nunca había sentido tanta hambre, ni tanto frío. Las primeras noches que pasamos en el bosque, me aterroricé. Sentía el ruido de los pájaros, lechuzas, conejos, ratones y algunos zorros. Intentaba mantenerme tranquila para entregarle paz a José, pero a veces el miedo me superaba y lloraba. Sentía frío e impotencia.

Recordaba los días en los que aún vivíamos juntos con Javier, el papá de José. Cuando éramos una familia, sabíamos que el mundo no era el mejor, pero no se caía a pedazos como ahora. Eran días en que uno abría el refrigerador y al mismo tiempo se encendía la luz para mostrar; la champaña, la leche, las verduras, los limones, el pan, el jamón. También el freezer con pollo, carnes y pescados congelados, más verduras. Cuando había comida y aún no se racionaba el agua ni existían las persecuciones.

Ese día, en medio del bosque, ya no pude más, me entregué a morir, acepté que mi hijo también lo haría y caminé sin un plan. La desesperanza se apoderó de mí y sin fijarme en los puntos cardinales, solo caminé. Mareada por la falta de comida y agua, estaba muy débil. En un momento saqué el espejito para ver si José respiraba, y me miré en él. Estaba irreconociblemente delgada. Unas ojeras profundas, mi piel era transparente. Se podían ver algunas venas azules y rojas en mis pómulos y mis ojos café oscuro parecían más grandes de lo que eran habitualmente. No sabía si estaba viendo mi rostro o el de un fantasma. En ese momento, recuerdo ver a lo lejos un perrito de ojos tristes y orejas largas blancas de canas. Era un perro viejo de pelo corto y tricolor. Tenía una coqueta cola que terminaba en una punta blanca.

—¡Hola! ¿Y tú? ¿De dónde saliste?

Me miró como si estuviera contento de verme. José que venía medio dormido dentro del portabebés, despertó y estiró sus manitos para tocarlo.

Me acerqué a hacerle cariño y noté lo feliz que estaba José. Sonriente y emocionado. El perrito era manso y tierno. Parecía ser de bastante edad. A ratos caminaba con un poco de dificultad. Después de acariciarlo algún rato, lo dejé solo y me alejé, sin dejar de mirarlo, parecía bien cuidado. Pensé que se le había escapado a alguien y que sus dueños podrían ser una esperanza para mí. Si ese perrito tenía comida, yo también podría encontrar en ese lugar.

Lo seguí sigilosamente por unos veinte minutos. Hasta que nos adentramos en medio de arbustos y espinos. Pasamos minutos en medio de ese bosque y a lo lejos vi una casa de madera pintada de verde oscuro, que se mimetizaba con el entorno. Sentí a mi corazón saltar. Quizás no todo estaba perdido, quizás podríamos seguir viviendo y soñando con que existía un futuro.

Me acerqué lo más que pude, pero lo suficientemente lejos para que nadie me encontrara. Noté que cerca de la casa había un pequeño y acogedor jardín con múltiples flores de la estación. Me instalé con José a fisgonear para ver qué pasaba dentro de esa casa, quienes vivían, qué hacían. Vi que el perro se acercó a la entrada y comenzó a rasguñar la puerta para que la abrieran. Después de un rato salió una señora delgada, de pelo largo cano. Pasaron horas.

 Me instalé a lo lejos con mi frazada y le di leche a José. Noté que cercano a la casa tenía una construcción más ligera y escuché unos cacareos a lo lejos. Eso debía ser un gallinero ¡Qué maravilla! Tener huevos frescos cada mañana es como un milagro diario. Si en esa casa vivía una mujer, un perro y tenía gallinas, allí había comida y agua, reflexioné. Me quedé observando la casa y la rodeé desde varios puntos. Después de un par de horas la señora que salió con una pequeña pala, una tijera de podar y se fue al pequeño jardín de flores, que era como un pequeño oasis. La mujer estaba con un buzo gris, viejo y todo sucio. Pero se le veía concentrada y me parecía que estaba feliz. Busqué otro punto para aproximarme a la casa. Esta vez fui bastante más osada y me acerqué a una ventana que se encontraba al otro lado del jardín y la casa. Tenía que saber quién más vivía ahí. Tenía que reunir la mayor cantidad de información posible sobre ese lugar. Traté de encaramarme para mirar hacia adentro, pero no sé veía nada más que una habitación con una cama de dos plazas con un cobertor café y unos cojines con diseños precolombinos y alpacas.

De pronto José comienza a despertar y se pone a reír. Me toma la cara con sus manitos y me dice algo así como - mama dada u- Intenté hacerlo callar y comencé a mecerme para que se durmiera, pero seguía hablando. Esta vez hace con su manito como que quiere alcanzar algo, miro a mi costado y estaba el perro de orejas largas y la punta de su cola blanca, que movía de un lado al otro rápidamente, esperando alguna interacción, un cariño. Traté de callar a José y de alejar al perro, pero fue demasiado tarde.

—¿Quién eres y qué quieres?

Me di vuelta y estaba la señora con un destornillador amenazante en su mano.

Solo me puse a llorar. Estaba a merced de su voluntad.

—Perdón, no quería hacer esto. Vengo arrancando con mi hijo.

Llevamos varios días. Estoy cansada y tenemos hambre. Ya no puedo más. Le ruego me disculpe.

—¿Cómo se llama el niño?

—José, tiene ocho meses.
—Ven aquí José, ven con Lucía y dejemos descansar a mamá. Dejó el destornillador y me estiró las manos en señal que quería tomar al niño.

Sentí temor de entregarle a mi hijo, pero algo me dijo que era el acto de confianza que ella necesitaba para poder confiar en mí, así que, con las entrañas apretadas, se lo entregué.

—Sígueme —me dijo.

Caminé tras ella hasta el interior de esa cabaña. Adentro se veía mucho más grande de lo que parecía por fuera. Sus paredes de madera daban la sensación de confort y de un lugar cálido. Había un living-comedor con una cocina abierta y un mueble isla que separaba la cocina del comedor. El mueble isla tenía, por un lado, bidones con agua, una panera, y unos potes de mermelada. En el otro costado tenía papeles, cuadernos, lápices y unos lentes grandes. Todo rodeado de unas sillas altas de madera, oscuras, con unos cojines celestes con rayas.

Tenía dos ventanas grandes en el living-comedor, por las que se colaban hermosos rayos de sol hacia adentro.

—El baño está por allá. Puedes asearte si quieres. Te puedes duchar, pero solo una ducha de minuto y medio, para que nos alcance el agua. Yo te prepararé ropa que estará en la habitación frente a ese baño. En el baño hay jabón, toallas y lo que necesites. Yo alimentaré a tu hijo.

—Muchas gracias, no te imaginas cómo agradezco esto. ¿Quién más vive contigo?

—Estoy sola por el momento, pero estoy esperando a mi hijo. Si Dios quiere y aún vive, debería llegar en algún momento.

Dejé a José en manos de Lucía. Me pareció una buena mujer. Me entregué a que fuera de nosotros lo que tuviera que ser. La suerte ya estaba echada. Entré a ese baño, me quité toda la ropa y me bañé. Mi hedor era nauseabundo. Tenía que quitar todo ese polvo y suciedad con una ducha de un minuto y medio. Era un desafío, pero también una oportunidad que no iba a desaprovechar. Ocupé cada gota de la mejor forma. Mojé mi cuerpo y junté el agua que escurrió con el tapón de la tina. Me Senté y humedecí todo lo que pude. Después usé los implementos de limpieza y finalmente me enjuagué.

Fue una de las sensaciones más reconfortantes de toda mi vida. Estar limpia y a salvo, era algo que no vivía hacía mucho tiempo. Salí del baño en toalla, no sin antes pararme frente al espejo. Estaba irreconociblemente flaca, tenía unas ojeras oscuras verdosas y mi piel amarilla. Me dirigí a la puerta que estaba en frente. Era la habitación de la ventana por la que yo había estado mirando horas atrás. Ahí me esperaba una sudadera café media desteñida, unos sostenes de triángulos color nude, un calzón de algodón grande y unos jeans un poco desgastados en las rodillas, más unos calcetines y pantuflas. No podía creer tanta atención. Alguien se estaba encargado de alimentar a mi hijo, yo estaba limpia, usaba ropa limpia y me encontraba en una cabaña acogedora con un jardín encantado. Aún recuerdo ese día como si fuera ayer. Sentí tanta paz y esperanza. Todo gracias a Lucía.

Capítulo 4

Camelias

La cabaña era un verdadero hogar. Tenía los espacios necesarios para vivir y esconderse. Cortinas que no dejaba pasar la luz hacia adentro ni hacia afuera. Todo parecía como estar detenido en el tiempo. Televisores antiguos, reproductores de videos y música.

El living tenía sofás de cuero desgastados, en los que se subía el beagle anciano que aprovechaba los descuidos de Lucía y tomaba sus siestas dejando todo lleno de pelos. Unas mantas en un canasto, unas sillas altas, junto al mueble isla de la cocina y un comedor para cuatro personas. Tenía algunos cuadros de flores, unas acuarelas de lavanda y plumeros azules. Otros con fotos antiguas, de Lucía con un niño. Supuse que ese era su hijo.

Tenía unas fotos de New York, cuando aún existía. Aparecía ella, joven, abrazada a un hombre, detrás el East River y Manhattan de fondo.

Miré el techo y estaba forrado con un papel metálico, parecido al aluminio. Lucía me explicó que era para que las cámaras térmicas aéreas no detectaran movimientos ni vida. Así, había logrado sobrevivir tanto tiempo. Me contó que tenía reservas de comida enlatada y granos envasados en contenedores PET con unos sachet de eliminación de la humedad. Además, tenía gallinas, huevos diarios y mata una de vez en cuando. Un pequeño huerto donde cosecha de forma vertical distintos tipos de verdura. Había lechugas, acelgas, tomates, cebollas, zapallos, zanahorias, espinaca. En unos tambores azules cubiertos de tierra, tenía plantadas papas que crecían como racimos. Tenía agua de pozo que funcionaba con una bomba que recogía el agua de las napas subterráneas. Todo esto, gracias a la luz del panel solar que era como un manto verde oscuro y cubría todo el techo de la casa. La energía alcanzaba para alimentar a todas las habitaciones.

La casa estaba pintada de verde y tenía tantos arbustos y pinos en las cercanías, que se camuflaba. Al pasar parecía un pequeño bosque inhabitado. De no ser por Martín, jamás la habría encontrado.

Lucía me asignó una habitación. En ella había una cama de dos plazas y se ofreció para ir a buscar una cuna que tenía en una tercera habitación que usaba como bodega. Juntas la armamos. José tenía su propia cuna en medio de todo el caos y yo no podía creerlo. Lucía y su casa era nuestro oasis.

Dejaba a José en su cuna jugando y podía estar horas ahí dentro. Si no, trataba de agarrarle la cola a Martín, que disfrutaba rascándose su cuerpo en los barrotes de la cuna.

José empezó a reír más. Estaba creciendo y de alguna forma habíamos vuelto a ser felices. Atrás habían quedado los días de arrancar en medio del bosque, a la intemperie, soportando el frío, el cansancio y las ganas de morir.

La habitación de Lucía tenía una cama grande, más grande de lo habitual y para el tamaño de la casa. En su cabecera, había un cuadro de pajaritos en tonos azulinos, de distintos colores y tamaños.

Yo trataba de hacer lo que más podía en la casa. Era un placer para mí sentirme útil y sabía que Lucía lo valoraba. Todos los días por las mañanas le llevaba un café caliente a su habitación. Aprendí a alimentar a las gallinas, asear el gallinero y a sacar los huevos. Aprendí a cultivar, a cuidar el agua y aprovechar cada gota. Lucía me enseñó a podar las plantas, en qué épocas debía hacerlo, cómo hacerlo y me fue contando la historia de sus flores, una especie de orgullo para ella.

Lucía tenía una bodega con herramientas de trabajo y las cosas esenciales para la casa. Pero había otra, a la que nunca me dio acceso. Era un doble muro de madera, larga y cubría todo un lado de la habitación, era una pared falsa.

No se notaba a simple vista. Tenía otro cuadro grande de New York cubriendo la puerta. Un día le pregunté, pero cambió el tema con tanta naturalidad, que sentí que yo misma estaba inventando la pregunta y la bodega.

Tenía un hogar gracias a Lucía y no iba a incomodarla haciéndole preguntas que ella no quería responder. Seguramente tenía cosas personales y su gran almacenamiento de víveres de donde sacaba arroz y café cuando se terminaban.

También usaba la tercera habitación de la casa como bodega. Ahí tenía ropa, y un sinfín de cosas dentro de cajas plásticas. Almacenaba toda la ropa que alguna vez de su hijo, de su marido, de ella y quién sabe qué cosas más. Creo que nunca botó nada en su vida. Creo que tenía un problema con la acumulación. Guardar tantas cosas durante tantos años, me parece tan extraño.

Lucía era una mujer amable y cariñosa, pero a la vez distante y misteriosa. De alguna forma, siempre sentía que no confiaba en mí. No la culpo, los tiempos no estaban para ser confiados. Pero con José, era fabulosa. Lo sentaba en sus rodillas y le contaba cuentos. A veces me pedía hacerlo dormir. Lo abrazaba y besaba como si fuese suyo.

Los días en la cabaña nos hacían olvidar que el mundo no se estaba cayendo a pedazos. Había días en que no recordaba la vida antes de llegar, como si ese lugar siempre hubiese sido mi casa. Era una vida de campo, de autoabastecimiento, de mucho trabajo, pero también de tranquilidad. Creo que haber llegado a esta casa fue una bendición para nosotros, pero también para Lucía. Era mucho trabajo para una mujer sola y a esa edad.

Comenzaron a pasar los días y los meses. José creció tan rápido que aprendió a caminar. Me acompañaba en mis labores diarias. Plantaba y cosechaba conmigo. Le encantaba meter sus manos en la tierra y luego pasarlas por su cara. Amaba corretear a las gallinas en el corral. Un día, un gallo malas pulgas, lo picoteó en un brazo. José se puso a llorar de una forma desgarradora. Entramos rápidamente a la casa y Lucía, al ver este escenario y la sangre, entró a la bodega misteriosa y apareció con alcohol, povidona y todo tipo de implementos quirúrgicos.

Con el tiempo, Lucía comenzó a contarme más sobre su vida. El niño que aparecía en las fotos, que efectivamente era su hijo, se llama Daniel. El mismo que desde el día en que llegamos, nos dijo que podía llegar en cualquier momento.

Siempre me hablaba de él y lo comparaba con José. Me contaba las gracias que hacía más o menos a la misma edad. Las palabras dulces y divertidas que decía. Cuando hablaba de su hijo, se le iluminaba el rostro y sus ojos brillantes le brillaban más aún.

Cada vez que escuchaba un ruido extraño en la casa, pensaba que podía ser Daniel. Pero por lo general era martín que botaba algo o se estaba rascando el cuerpo con algún mueble.

Lucía me contó qué su hijo hacía años vivía en Estados Unidos. Una vez que terminó el colegio se fue a estudiar allá y nunca más regresó.

Ella viajaba todo el tiempo para estar con él, al menos una vez al mes. Su hijo estudiaba actuación en New York. Estaba tan orgullosa de él. Hablaba de lo bien que le fue en el colegio, y que podría haber estudiado la carrera que él hubiese querido, pero su corazón estaba en el teatro. Ella hizo todo lo posible para que él pudiera lograrlo. Incluso vendió una propiedad para ayudarlo a pagar su manutención. Daniel estudió becado por talento por lo que la universidad le salió gratis. Cuando me hablaba de su hijo, podía estar horas relatando sus aventuras, sus capacidades y lo bello que era. Al principio la escuchaba con atención, pero al pasar los días, ya era un poco repetitiva la charla. Eso me llevó a pensar que Lucía estaba desarrollando algún tipo de trastorno, pero quizás solo era la soledad y el eterno amor a su hijo, en medio del fin del mundo todos estábamos un poco locos. A veces yo prefería estar en silencio y me iba a mi habitación con el pretexto de un dolor de cabeza o intentaba cambiar de tema. Porque luego de hablar de todas las maravillas de su hijo, se le llenaban los ojos de lágrimas y se preguntaba dónde podría estar. ¿Seguirá con vida? ¿Lo habrán encontrado? ¿Habrá podido salir de la ciudad antes de la gran masacre?

Yo la abrazaba e intentaba consolar lo inconsolable. Le traía una manta y le preparaba un té con canela. Quien más la consolaba era José, que le abrazaba las piernas y le hacía cariño. Ella lo tomaba, lo apapachaba y después de unos minutos, dejaba de llorar.

Lucía también me contó que hacía muchos años estuvo casada con el padre de Daniel, de quien era viuda hacía dos décadas. Un día le dio un ataque cardíaco y murió. Ella estaba de viaje y al volver lo encontró en el baño. Se llamaba Bernardo, era abogado y economista y hacía asesorías para multinacionales por todo el mundo. Casi no hablaba de él y cuando le preguntaba algo, evitaba el tema o me contestaba muy someramente.

Heredé una costumbre que tenía Lucía, era que cada vez que íbamos a comer, dábamos las gracias por los alimentos y los bendecíamos. Nunca creí mucho en Dios y aún no estoy segura de su existencia, pero continúo practicando este ritual con José, como una especie de homenaje a ella y de agradecerle todo lo que hizo por nosotros.

Los días en la cabaña eran muy parecidos entre sí. Por las tardes, cuando se acercaba el ocaso, cerrábamos todas las cortinas de la casa, con mucha cautela de que no se fuera a ver ninguna luz encendida. Ahí veíamos películas y descansábamos. Lucía tenía una colección enorme de películas de todos los tiempos y para todos los gustos.

Un día le pregunté cómo era que había conseguido esta casa, con todas estas cosas para sobrevivir en las circunstancias en las que el planeta se encontraba. Me miró con una cara extraña y se sonrió.

-Si te lo cuento no me lo creerías, algún día te lo diré, lo prometo

Me intrigaba demasiado. Era evidente que esta casa había sido pensaba para un momento como el que estamos pasando. ¿Cómo era que tenía tantas reservas de alimentos, remedios, películas, todo!? ¿Quizás Lucía era vidente, o de alguna forma se enteró antes de todo lo que ocurriría?

Amo y extraño a Lucía, pero siento que me dejó con tantas preguntas sin responder. Sé que poco a poco logró confiar en mí, me hizo parte de su vida, de su familia y de su casa, pero nunca me mostró la bodega.

Siempre fue muy cariñosa, contenedora y empática. Tenía tantas virtudes, pero nunca se abrió completamente conmigo. Sé que era una periodista retirada, a la que le gustaba escribir, amaba las flores, estaba enamorada de su hijo Daniel, que había días que al parecer estaba cansada y no se sentía bien, y aunque no decía nada, yo podía leer su cara.

A veces la escuchaba orando en su habitación, aunque nunca pude escuchar bien lo que decía. Tenía montones de libros y creo que se debe haber leído casi todos. Siempre esquivó las preguntas sobre Bernardo.

Confié en ella y le conté casi toda mi vida. Pero Lucía al parecer con lo que más se abría, era con las páginas que escribía en la cocina cada noche antes de dormir. Sentada en esas sillas altas frente a sus hojas y la lámpara pequeña. Con sus lentes grandes y redondos. ¿Qué tanto tenías que escribir Lucía? ¿Qué es lo que tenías para contar?

Capítulo 5

Lavandas

13 de junio, Playa Lemu

Hoy soñé con Daniel. Era pequeñito, como de la edad de José. Soñé que venía corriendo abriéndose camino en medio del bosque, gritando ¡mamá!

Tener a José en la casa, me ha recordado lo que era ser mamá en esa etapa. Que, si bien es de harto trabajo, pero cómo no disfrutar de esas manitos sucias la mayoría del tiempo. Esa ingenuidad y cariño verdadero, me encanta sentarlo en mis piernas y leerle cuentos. Cuando lo hago dormir aprovecho de orar junto a él y le pido a Dios que nos cuide a todos en esta casa, especialmente a él, que es el más pequeñito e indefenso.

***

Leo entre los cuadernos de Lucía, pero José me interrumpe para que le de comida, ha jugado todo el día con las gallinas y está cansado. Sé que está mal leer los diarios de quien nos cuidó, pero de alguna forma, me ayuda a sentirla cerca.

Siento rabia conmigo misma por permitir que esto le pasara a Lucía. Por qué esa noche el cansancio me arrolló en sus brazos y perdí a tal nivel la conciencia y el juicio, que la mataron y ni siquiera me di cuenta.

Tengo rabia por no poder salir de la casa y gritar toda esta pena y frustración que tengo, por temor a que alguien remotamente me escuche. Rabia porque sólo podré volver a ver a Lucía en mis sueños y no le dije lo que ella significa para mí.

Rabia porque solo puedo descargar esta frustración escribiendo en un cuaderno que ni siquiera es mío y tomé del escritorio de Lucia mientras José finalmente duerme. Hoy no es un buen día, estoy cansada, me duele todo el cuerpo. Tengo un elefante de sentimientos sentado en mi pecho y tengo el recuerdo vívido de Lucía, o más bien su cuerpo, envuelto y desangrándose en el baño. Nos dejaste solos, pero de alguna forma, también siento que nos protegiste, que fuiste tú la que terminaste con un cuchillo clavado en el pecho y no José, ni yo. De alguna manera agradezco que hayas sido tú y no nosotros y me duele mucho sentir esto. Te extraño tanto que el otro día soñé que me acurrucaba contigo en medio de las flores, te abrazaba y me dormía a tu lado. Lo siento Lucia, desde ahora tus secretos serán los míos y de esta forma me acompañarás por lo que dure esta travesía, o más bien, condena.

12 de noviembre, New York

Era el atardecer de un día de otoño de una de las ciudades más concurridas de la tierra. Sin embargo, parecía que solo nosotros éramos parte de ese paisaje que perfectamente podría haber sido pintado por Monet. Después de vagar todo el día por el parque más maravilloso que alguna vez conocí, se empezaron a congelar mis pensamientos. Mantenía mis manos escondidas en los pequeños bolsillos de mi abrigo blanco y negro en lanilla pata de pollo.

Nuestra vista no se cruzaba con otras figuras humanas. Bajo un cielo pintado de gris oscuro, me miró a los ojos con su sonrisa de niño. Nos besamos apasionadamente en uno de los puentes próximos a la calle 59. Su respiración y la mía comenzaron a agitarse. Le gustaba perderse en mi cuello buscando una guarida tibia.
Se podía ver el reflejo de los rascacielos y la sombra de los árboles en aquella pequeña laguna mágica. Allí, en el mágico Central Park, de pie y a escondidas bajo nuestros gruesos abrigos, unos dedos fuertes y escurridizos de mi amado hicieron que compartiera mi fuego con la brisa fría que como espíritu vagaba por el parque. Mientras nos brillaban las narices coloradas, le dejé oír mis gemidos a aquella majestuosa naturaleza concurrida de insectos, ardillas, raíces y peces. Como una especie de bendición. La que se repartió por

varios metros a nuestro alrededor. Como diásporas de agua que llegaron a despertar a las luciérnagas más próximas. Todo estaba perfecto.

10 de septiembre, New York

Mientras me vestía, recordaba los aniversarios de mis padres. Mi mamá se tomaba casi todo el día para bañarse, perfumarse y maquillarse, para por fin en la noche, salir a comer con mi papá. Yo, en cambio, en veinte minutos estaba lista, esperando a mi hombre que no soltaba a su amante, la computadora. Era mi primer aniversario conviviendo con alguien, no podía creer que ya había pasado un año, pasó tan rápido, supongo que es porque lo hemos pasado bien.

Llegamos a uno de los mejores restaurantes de New York de comida thai-vietnamita. La luz de las velas, mi vestido rojo ajustado y la cuenta al final de la noche, dejaban claro que estábamos celebrando una ocasión especial. La pareja junto a nosotros celebraba su primer día de casados, se miraban con ternura, y se entrelazaban en un juego de manos cada vez que podían. Yo los miraba enternecida, tenían alrededor de cincuenta años, ambos eran rubios y parecían unos quinceaños enamorados.

El calor de las copas de vino empezó a subir. Nos reímos mucho. Conversamos de sus casos, de mis columnas en la revista, de la vida, del amor. Estaba divino, como dice una amiga venezolana. En momento me comentó como anécdota, que cuando miraba chicas guapas en la calle o donde quiera que fuera, nunca las encontraba más guapas que a mí, mientras yo bromeaba diciéndole, ¡es que más guapas que yo no hay!

Ese comentario me hizo pensar en los muchos tipos guapos que veía a diario caminando por las calles de Manhattan, y en lo insignificante que se convertían al ver la sonrisa de mi amado.

Hasta que llegó el momento y le entregue su regalo, una carta de dos planas que quiso leer inmediatamente y se traslucía la huella del lápiz a la luz de las velas. Mi pecho estaba a punto de explotar, observé cada gesto, cada respiración que Bernardo hacía mientras leía mi carta. Yo estaba ansiosa y tremendamente vulnerable. Sabía que después de eso, solo me quedaba subir a las nubes y volar con el canto de los ángeles o aterrizar de bruces contra una cancha de lodo.

Fue una completa catarsis. Había esperado meses para contarle de aquel sueño que había olvidado en algún lugar del inconsciente y como años después, todo hacía sentido y hoy estábamos uno frente al otro, amándonos.

Apenas terminó me miró y me dijo
—No te creo, ¿cómo pudo ser tan perfecto?

Le expliqué algunas cosas, pero lo que en verdad quería decirle, es que hacía tiempo le había entregado las cosas a Dios y él era la perfección, por lo tanto, sus obras a la vez *también. En ese momento estaba tan abierto mi corazón que no quería desnudarlo más, además, no quería que sonara a una prédica.*

Me acerqué y lo besé.

Aunque no me digiera nada, yo sabía que algo había cambiado en él después de esa carta. Realmente entendió que yo encontré en él lo que busqué toda mi vida. Después de ese día lo empecé a ver más confiado, su relajo lo manifestaba hasta en cosas simples, al día siguiente ni siquiera se cambió la ropa, se veía sereno, seguro, feliz y todo el tiempo me dijo que me amaba.

Con los años y las malas experiencias me fui protegiendo, formando corazas alrededor de mi corazón. Cada vez me fue más difícil hablar de sentimientos y más fácil hablar de sexo. Salí lastimada muchas veces entregando mi corazón y me había costado tanto volver a confiar.

Con Bernardo es diferente, veo como nuestra relación crece y renace aún más hermosa y más fuerte. Nuestros cascarones se han ido rompiendo poco a poco dejando atrás la vergüenza, el temor y la desconfianza. Simplemente, el amor vale la pena.

7 de septiembre, New York

Hoy es 7 de septiembre y es nuestro aniversario, como dice Mecano. No puedo creer cómo el tiempo pasó tan rápido.

Hace un año vivía sola en mi departamento de 45 metros cuadrados con vista al cerro y a un hermoso parquecito. En ese departamento podía pasar horas mirando a los niños jugar desde el balcón. Era ayudante en varios ramos en la universidad, ganaba poco, pero no necesitaba más. La vida me sonreía cada mañana, pero aún faltaba una pieza del rompecabezas para que todo tuviera aún más sentido.

Hoy, disfruto de un día soleado tirada en el sillón con las ventanas abiertas para que entre el aire. Junto al aire entran los ruidos de Brooklyn con sus habitantes gritones y el reggaetón. Qué me iba a imaginar donde me traería el amor. Las mañanas de los días de primavera son un sueño en Nueva York. Las películas se quedan cortas. Si la gente pudiera respirar el mismo aire de la escena de una película, todo el mundo querría vivir en New York.

Recuerdo el año pasado, habían pasado dos semanas de nuestro primer beso y como en las películas, me besó y se vino a New York, con su libertad y su estatua. Pasaron dos semanas y tocó el timbre, abrí la puerta dudando si besarlo —en la cara o en los labios—. Solo alcancé a cerrar los ojos y me dejé llevar en un dulce y maravilloso beso. Sus ojitos me decían que me había extrañado y yo lo miraba pensando

—aysssss, ¡me gusta!

Y así fue como el 7 de septiembre me pidió que fuéramos novios en un restaurante peruano mientras comíamos ceviche y tomábamos pisco sour.

Contra toda regla autoimpuesta, esa noche dormimos en la misma cama. Aún recuerdo mi discurso de no convivir antes del matrimonio, poco me duró, a los tres meses vivíamos juntos. A los cuatro meses seguíamos viviendo juntos, pero en New York. Hoy lo veo trabajar en su escritorio junto a la ventana, concentrado, escribiendo a la velocidad de la luz y pienso...

ya ha pasado un año, estoy igual de ilusionada y aún más enamorada. Aunque hay cosas que no me gustan y muchas veces preferiría ver su blackberry rio abajo, su sonrisa de niño no la cambio por nada.

***

Me emociona leer a Lucía tan enamorada. Me la imagino joven, guapa, tal como aparece en las fotos que tiene en los marcos repartidos por toda la casa. Esa Lucía de pelo largo hasta la cintura, castaño oscuro, con una figura de sirena y ojos sobresalientes. Blanca como la nieve y sin lentes. Una Lucía joven y empoderada. Debe haber sido maravilloso vivir en New York cuando aún existía y enamorarse de esa forma, cuando el amor aún era una posibilidad. Me la imagino paseando por Central Park en los días de primavera, contemplando las flores con Bernardo, haciendo pícnic, tal como lo muestran las series y las películas antiguas.

Me gusta leerte Lucía. Encontré la llave de la bodega en uno de tus calcetines (buen escondite, por cierto) y pude encontrar todos tus tesoros.

Los tarros de café, el azúcar almacenado, la miel, los granos, medicinas y muchos frascos que no sé para qué son. También encontré tus cuadernos. Gracias por esta herencia que no me diste, pero que la tomé para mí y me aferro a ella, así como me aferro a ti.

Hoy estuve moviendo la tierra de tus flores, era temprano y había sol. Las dimorfotecas estaban cerradas. Sé que eso no es normal, porque me enseñaste que se abrían con la luz del día, sobre todo en días soleados y mostraban sus colores blancos, morados, fucsia. Y así ha sucedido cada uno de los días desde que vivo aquí, ¿Qué está pasando? ¿Es uno de tus mensajes? ¿No quieres que lea tus escritos? ¿No querías que entrara a tu bodega secreta? Lo lamento Lucía, me gustaría decirte que dejaré de leerte, pero no lo haré. Es la única forma que tengo de estar contigo, además de cuidar tus flores a diario y por si no te diste cuenta, estoy sola. No tengo a nadie más con quién hablar. Con la única persona con la que hablo es con José y si bien lo amo y hago todo para que él esté bien, me siento sola. No es suficiente mis pláticas con tus flores, las gallinas y martín. Creo que tengo hartas de tanto parloteo a las loicas con su pecho orgulloso y rojo que se vienen a pasear en medio de tus flores. No leerte no es una opción Lucía. Lo siento. Espero vuelvan a florecer las dimorfotecas mañana, pasado o cuando estés lista para perdonarme por esta intromisión.

Bernardo,

lamentablemente, nunca podrás leer esta carta. Tu muerte fue sorpresiva. Daniel y yo aún estamos en shock. De alguna forma, siempre te creí indestructible. Tu actitud de tener todo bajo control hacía parecer que incluso la muerte haría lo que tú le pidieras.

Ya no tendré con quién discutir de asuntos de dinero, ya no tendré quien me culpe, incluso por lo que no depende de mí. Cualquiera pensaría que podría ser un alivio, pero no lo es. Cuando nos separamos, sentí alivio. Con tu muerte, solo me queda el sabor amargo de tu partida y de las cosas que nunca nos dijimos, cuando todavía estábamos a tiempo de resolver.

Cuando nos divorciamos, me sentí libre, liviana y aliviada de no seguir en ese tormento eterno. Ahora que te has ido para siempre, tengo un vacío en mi pecho que no logro llenar.
Ya no tendré con quien compartir los momentos de Daniel, ahora solo seré una madre que contempla a su hijo.
Él está desolado.
Fuiste un esposo distante y a veces agrio, con tantas exigencias que yo no supe ni quise cumplir. Aun así, tu paternidad estuvo llena de amor.
A tu manera y a tus tiempos, con tus contrastes y tu voz siempre autoritaria. Motivaste a tu hijo a convertirse en su

mejor versión, le enseñaste sobre el esfuerzo y la perseverancia. Pudiste abrirte y demostrarle tus sentimientos.

A tu hijo se lo diste todo a pesar de tus límites, de la mirada que tuviste sobre las personas y esa curiosa falta de empatía que siempre me llamó la atención. Aún me siento agradecida de haber tenido un hijo contigo y tu vacío en esta familia nos acompañará por mucho tiempo, quizás hasta el final.

Te amé tanto. Fuiste el amor de mi vida. Vivimos años maravillosos mientras nos duró el amor y la pasión. Quiero recordarte y guardarte en mi memoria con tu sonrisa de niño y tus ojitos achinados mientras te reías. Con tus ojos café claro y esas cejas abundantes que te daban una mirada amable. Con tus brazos fuertes que tanto me abrazaron mientras me amaste y esas piernas tan bien formadas y musculosas que siempre te elogié. Desde que nos separamos, siempre extrañé tus abrazos, ahora los extrañaré más aún.

Hasta siempre Bernardo, nos veremos del otro lado con el que siempre te amó y dio su vida por ti. Jesús.
Estoy segura de que nos volveremos a ver.

****

Me conmueven profundamente tus palabras Lucía. Lamento que tu matrimonio terminara. Por tus textos del comienzo, parecía un amor de cuento, de esos que son para siempre. Pero al parecer muchas despertamos de ese sueño de colores y la realidad nos golpea de frente, como también a mí me ocurrió.

¿A dónde va el amor cuando termina? ¿Tendrás las respuestas ahora que estás del otro lado Lucía? ¿Cómo es posible que después de haber amado tanto, todo se termine? ¿Qué lo destruye?

¿Será la rutina, el cansancio, el estrés, quizás el exceso de trabajo? ¿Por qué hay matrimonios que se aman para toda la vida y otros que simplemente se dejan de amar?

¿Me volveré a enamorar o el amor ya es parte de un sueño distante del pasado?

18 de Julio, Santiago

Estoy agotada. De esta lucha sin fin que no se termina. He dado lo mejor de mí. No soy perfecta y nunca lo seré, pero creo ser una buena persona. Estoy agotada de esforzarme en vano. De nunca cumplir con sus expectativas, de nunca ser suficiente para merecer su amor y su respeto. Hay soledades que son más tristes que otras.

Mi soledad es estar acompañada, pero no tener a nadie con quien conversar ni compartir mis pensamientos e inquietudes. Con quien divagar en escenarios supuestos y crear fantasías. Todo lo que digo puede ser usado en mi contra. Si muestro una pizca de vulnerabilidad en un momento de confianza, después es usado para demostrar lo mala que soy, lo desordenada, lo mala administradora, que tengo poco valor y qué sería de mí sin él. Hace años que no tenemos intimidad. Al principio fue doloroso buscarlo y obtener su negativa. Escuchar que ya no soy atractiva y ya no me desea, fue de las cosas que más daño le hizo a mi autoestima. Afortunadamente, con los años he construido mi amor propio y esos comentarios, aunque pudieron destruirme, no lo hicieron. Sé que aún soy joven y guapa y veo la mirada de caballeros en la calle que felices me acompañarían a la cama. Pero esa no es mi opción. Soy culposa. Odio mentir y además hablo dormida. No es una opción para mí ser infiel. No me sentiría cómoda y me descubrirían en 3 semanas. Pero no solo por eso, no le quiero fallar a Dios.

Al principio de nuestra relación, le rogaba que me diera más tiempo. Lo extrañaba. Cada vez que Bernardo viajaba, me quedaba llorando en mi cama. Con los años, el llanto empezó a cesar. El llanto pasó a aceptación, y la aceptación a la indiferencia, luego a la apatía y finalmente, a pensar, ¿y cuándo se va este de viaje para que me deje en paz?

Dejar de trabajar en la revista fue una de las peores decisiones. Si bien pude dedicarme a Daniel con más energía y tiempo, me puse en una situación de dependencia y desventaja, que sacó todo su odio y amargura contra mí. Estoy cansada de ser la culpable de todo. Estoy cansada de este agotamiento emocional que no me deja avanzar. Soy una mujer sensible. A veces me odio a mí misma por ser tan sensible. Luego recapacito y me doy cuenta de que es mi virtud y no mi problema. Gracias a ella es que soy una mujer empática, que me intereso por el resto de forma genuina. Que tengo la *capacidad de compartir mis victorias y derrotas con los demás, solo con el afán de poder ayudar. He intentado ser una buena persona, una buena mamá y esposa. Pero no importa lo mucho que me esfuerce, nunca nada será suficiente para él.*

Vivo en un buen barrio, mi hijo estudia en un buen colegio, hasta me estoy construyendo mi refugio en medio del bosque y cerca de la playa, como siempre soñé. Viajamos bastante. Tengo una buena vida. Pero cada día se me hace más insostenible el carácter de Bernardo. Siempre anda amargado, con el ceño fruncido, buscando el error en todo lo que hago. Se queja por todo y de todo me culpa. Ya parece un cantante que desafina de tanto repetir la misma letra. Me aburre, pero también me daña. Me afectan sus críticas y su trato como si fuera su empleada doméstica. Toma decisiones de viajes, dinero, visitas de sus padres y no me consulta, ya ni siquiera me informa. Me dice que para él soy una carga. A penas me mira, todo es más importante que yo. Mi salud lamentablemente no ha estado bien estos últimos años, me diagnosticaron fibromialgia. Es una enfermedad neurológica que produce mucho dolor en el cuerpo, agotamiento y cansancio y muchas veces las crisis son gatilladas por estrés.

Me acuesto temprano, necesito dormir más para despertar descansada. El estrés es muy malo para esta enfermedad. Cada cierto tiempo se producen brotes de dolor que me pueden dejar en cama varios días. Estos pueden originarse por el frío, cambio de clima, estrés, tristeza o cualquier cosa. No me gusta esta situación de no saber cómo despertaré. No obstante, debo decir que me ha enseñado a vivir el día a día y a disfrutar lo que estoy viviendo en el momento presente. Con los años he aprendido que cada cosa que me ha sucedido ha traído consecuencias buenas y malas. Todo lo bueno tiene un costo, un sacrificio, una incomodidad. Lo malo, pese al dolor, trae gemas para nuestro aprendizaje y madurez como seres humanos.

Debo confesar que estoy un poco cansada de aprender tanto este último tiempo. Que para estar mejor siempre tengo que conseguir un nuevo desafío, como desarrollar la paz interior, que es de las pocas cosas que están bajo mi control y me puedo hacer cargo. Es fácil tener idea de lo que hay que hacer, pero difícil de realizar.
De a poco estoy avanzando a enfocarme en mí, todos los cambios parten por uno mismo.

23 de agosto, Santiago

Te preparo un café casi todas las mañanas que estás en la ciudad. Si tienes tiempo y te quedas trabajando las primeras horas del día, te ofrezco huevos con tomate o con queso y pan tostado de desayuno. Trato de no meter ruido y no perturbar tu trabajo. Entonces me encierro en mi habitación o la cocina tratando de ser invisible.

Cuando está Daniel y siente la necesidad de ir a decirte algo, lo entretengo para que no te interrumpa. No siempre tengo éxito. Me aguanta tres o cuatro explicaciones, después irrumpe en tu oficina con su determinación intacta para hablar con su papá, porque solo él puede responder su inquietud.

Para que puedas trabajar tranquilo y sin cosas en la cabeza que quitan tiempo y energía, he sido yo la que he tratado con empleadas domésticas, maestros, jardineros, eléctricos, plomeros, en todos los años que hemos estado juntos. Incluso cuando yo también tenía trabajo. Para no darte ese estrés que te provoca lidiar con gente. Porque ambos sabemos que no tienes esas habilidades.

Trato de arreglarme todos los días para que me vuelvas a mirar como antes lo hacías. Hay días que me gana el cansancio y mi cuerpo no responde como yo quisiera, pero lo intento.

Trato de mantenerme en un peso saludable y delgada, porque sé que no te gusto con más peso.

Me callo los dolores de cuerpo e intento verme saludable y activa para ti, para que no crezca tu desilusión.

Oro por ti todos los días con Daniel, para que Dios te cuide y te vaya bien en lo que hagas, que te de salud y seas feliz.
Contengo la pena de Dani cada vez que te vas. Explicándole lo afortunado que es de tener un papá como el que tiene, que, gracias a su trabajo, él puede ir a uno de los mejores colegios y

que tienes que irte porque nos amas y quieres lo mejor para nosotros y sobre todo para él.

Me involucro en las actividades del colegio y comparto con mamás, para que uno de nosotros esté presente. Sabiendo que para ti no es fácil las relaciones sociales y porque tampoco tienes el tiempo para hacerlo.

Llevo quince años viviendo en una relación que se suponía que en algún momento dejarías de viajar, para que pudiéramos estar más tiempo juntos, pero eso no ocurrió y es muy difícil que ocurra. Quince años con muchas ausencias. Los primeros, lloraba cada vez que te ibas, después solo me ponía triste, después solo lo aceptaba porque era parte de la dinámica de nuestra cotidianeidad. Hoy, cuando te vas, solo me preocupo de contener a Daniel y que él esté bien.

Compro mis regalos de Navidad y los de cumpleaños y los envuelvo para regalármelos yo misma. Pese a que me gustan los regalos y las sorpresas. Pero entiendo que no tienes tiempo.
He pasado varios cumpleaños en que tú no estás, o llegas a última hora a la celebración y de cansancio te quedas dormido. Pese a que me duele, lo entiendo, porque es tu trabajo.

Pido tus horas al dentista. Dejo encargos tuyos en conserjería. Atiendo a tus visitas cuando tú sigues en reuniones y les

ofrezco un vaso de agua y los hago pasar para que te esperen cómodos.
Intento cocinar cosas ricas para que comas con agrado.

Me preocupo de tu ropa y de cómo andas vestido, porque sé que eres un intelectual y esas trivialidades no son parte de tus preocupaciones y lo entiendo.

Me preocupo de sacarte fotos con Dani para que tengas lindos recuerdos y más adelante, ambos puedan mirar esos recuerdos con alegría.

Busco siempre las ofertas y rebajas para economizar y como yo no estoy trabajando durante este tiempo, para no aumentar los gastos.

Me preocupo de todas las fechas. Navidades, años nuevos, los detalles de la cena, los regalos, invitar a algunas personas.

Intenté muchas veces hacerte masajes para que estuvieras más descansado, pero a ti no te gustan, porque según tú, eso te hace dependiente de la otra persona.

Llevo a Dani al médico, al dentista, al psicólogo, al fonoaudiólogo para que tú no tengas que hacerlo. Solo te comento cómo nos fue.

En tres oportunidades, después de que nació Daniel, tomé medicina para poder quedar embarazada, si bien yo lo quería, para ti era un sueño muy importante y quería darte otro hijo. Esos remedios me provocaron fuertes migrañas, náuseas, vómitos, mareos, diarrea. Pero no me importó, con tal de cumplir con ese sueño familiar que finalmente no resultó.

Todo lo que he ganado en mis trabajos ha sido para ayudar a mis padres, pagar mis problemas de salud y principalmente para nuestra casa. Yo no tengo ahorros. Nunca he sido de comprar muchas cosas para mí, ni tampoco de marcas.

Postergué mi trabajo y mi desarrollo profesional en tiempos de crisis, para que tú pudieras trabajar tranquilo. Me hice cargo de la casa, de Daniel y de entretenerlo para que no te interrumpiera.

Cada año recibí a tus padres en nuestra casa e intenté que se sintieran lo más cómodos posible. Visitas que los primeros años eran de tres meses. Toda la gente que conozco con suerte tiene visitas de los suegros de dos semanas.

Me gusta viajar, pero no soy como tú. No tengo la energía para andar de avión en avión como tú lo haces. Al principio de la relación los viajes eran algo que me motivaba mucho. Sobre todo, ir a New York. Sé que para ti es la mejor ciudad del mundo, pero para mí no es así.

Me encanta New York, pero me agobio con tanta gente, los gritos, el bullicio, las ratas, el olor a mariguana y a orina. El frío que cala los huesos, o el intenso calor a punto del desmayo, me agota.

Los departamentos pequeños, los altos precios, subir y bajar escaleras. Quizás no puedas entender que para mí ir a New York está más cerca de la obligación que del placer. Voy principalmente para que Daniel pueda compartir tiempo contigo mientras trabajas, y para que le muestres la ciudad donde pasas más tiempo durante el año. Me canso mucho. Amo New york en primavera, amo los tulipanes de Park Avenue, y Central Park es el parque más hermoso parque del mundo. Amo los cherry blossom del parque botánico y cruzar el puente Brooklyn siempre será romántico. Pero prefiero ir unas semanas en primavera, otras en otoño y volver al clima templado de Santiago. Me gusta la quietud de mi casa, mi barrio silencioso y mi cordillera de los Andes. Acá me entienden todo lo que digo y no me duele la cabeza tratando de entender el inglés rápido de los neoyorquinos. No soy como tú. No me gusta andar corriendo y vivir en el estrés. Prefiero la vida más tranquila.

Eres mi esposo, pero llevo una vida como si fuera madre soltera. Tus palabras me desangran el corazón y no sé cuánto tiempo más esté dispuesta a tolerarlo.

***

Lucía, hoy aireé la tierra de tus flores y les puse un poco de arena. Tal como te gustaba hacer. Mientras cortaba las ramas secas, pensaba en tu vida. Te veías una mujer alegre, pese a estar sola sobreviviendo en esta cabaña al fin del mundo. Aún recuerdo cuando poníamos música para preparar el almuerzo y bailabas las canciones de ese cantante mexicano guapo, tu favorito de la juventud. Tu sonrisa amplia, tu pelo cano alborotándose al compás de la música, mientras José te miraba sonriendo alucinado. Aún conservabas a esa Lucia joven y alocada en tu interior. Sabia y juiciosa, pero con la alegría intacta esperando que su hijo Daniel, apareciera en algún momento en la puerta.

A veces pienso que hubieses sido la única persona que realmente me habría entendido. Me habría consolado. No puedo olvidar mis manos con tu sangre escurriendo por mis dedos. Una sangre, viscosa, de rojo oscuro. A veces despierto en medio de la noche con esa imagen en mi mente y lloro. Apareciste muerta en medio de la cocina y no dejas que te olvide o quiera inventar un recuerdo más prudente, menos traumático. Estás junto a mí todo el día, en tus cosas, tu ropa. Aún puedo sentir tu olor a jazmín por toda la casa. Sé que está aquí, que me miras.

Ahora tengo que vivir en tu casa, entre tus cosas y tu olor. Imaginándote escribir sentada en la cocina, mientras la luz de la lámpara ilumina tu frente y el revoltijo de tu moño con tu pelo cano.

No podría definir bien mi relación contigo Lucía. A veces te sentía como una madre protectora y un poco autoritaria, otras como una amiga, una cómplice. Lo que más extraño son las comidas. Cuando cocinábamos juntas y bailábamos y cantábamos sin parar. Hasta que por fin nos sentábamos y después de agradecer, comíamos lo poco o lo mucho que tuviéramos. Podíamos quedarnos horas conversando después del almuerzo, con una taza de agua caliente, como si estuviéramos en el mejor café de Europa. Me encantaba escuchar tus historias de niña, de tus padres, de tus mejores entrevistas, tus trabajos para la revista. Sobre todo, me encantaba escuchar de tus amigas y la relación entrañable que tenías con ellas. Debe haber sido tan lindo tener tantas amigas y tantas historias y viajes juntas. Recuerdo cuando me contaste tus aventuras estando recién separada y te fuiste a la costa amalfitana con tres amigas. Del cantante que conociste en un bar y te hizo olvidar todos los malos ratos con tu exmarido. Cómo te reías y vibrabas contando esa historia, haciendo énfasis en que no habías estado muerta, solo dormida, y te volviste a sentir una mujer sexy, sexual, apasionada. O de las veces que ibas al verano de New York con amigos y sus hijos y hacían los mismos paseos familiares una y otra vez. Recorriendo los mismos museos, parques, rascacielos y lugares turísticos.

Recuerdo cuando te molestaste cuando me olvidé de lavarle las manos a José antes de comer y me dijiste que una madre no se olvida de esas cosas. Me dolió mucho en un comienzo, pero después valoré tanto tu crítica, no por lo importante que es tener las manos limpias antes de comer, sino por el amor y cuidado que sentías por mi hijo y por tener la confianza para regañarme igual que lo haría una madre con una hija. Me sentí tan querida.

Me habría gustado contarte historias como las tuyas, pero la verdad es que siempre tuve pocas amigas y Javier se encargó de espantarme las pocas que me quedaban.

Pensé que tu vida había sido más feliz que la mía, les dije hoy a las camelias y las hortensias mientras caminaba por el jardín. Ya veo por qué no hablabas de Bernardo. Me gustaría decir que mi vida se complicó con los últimos incidentes en el planeta y que solo estoy esperando a que todo vuelva a la normalidad y volver a mi vida. Pero para ser sincera, creo que estoy viviendo los días más tranquilos que he tenido en muchos años. Atravesar ese bosque, casi sin comida y llegar en estado deplorable, no fue lo más terrible que me pasó Lucía. Fue espantoso y temí por la vida de José y mía, pero lo más horrible fue anterior a eso. No solo huía de ellos, también huía de mi propia familia.

Capítulo 6

Alstroemerias

Lucía, hablo contigo mientras arreglo la tierra y tus flores que han resultado ser un jardín maravilloso. He reflexionado sobre mi propia vida. Estarías orgullosa de mí. Aun así, no es sostenible en el tiempo, mi espalda no soporta más. Con tu permiso, traeré la silla de madera que tienes en el dormitorio, y la pondré aquí, para que podamos conversar con tranquilidad y la comodidad que mi espalda necesita.

Me dolió leer lo triste que estabas en tu matrimonio, no imaginé que terminaría así después de ver tus hermosos textos de aquel tiempo cuando te enamoraste y esas fotos colgadas en las paredes llenas de polvo, pero que irradian amor. Parece que muchas transitamos el desamor, nunca me casé, pero viví con Javier. Al igual que tú, en el comienzo de la relación, todo fue maravilloso. Pensé que había encontrado a mi príncipe azul.

Antes del desarrollo abrumador que tuvo la inteligencia artificial, yo era publicista y trabajaba en una agencia a cargo de varias marcas importantes. Javier, era uno de los diseñadores de mi oficina. De tanto conversar, se volvió cotidiano ir por una taza de café en la mañana, o una copa al terminar la jornada. Fue todo orgánico, sin presiones, hasta que un día nos besamos, en el cuarto de las impresiones. Desde entonces nunca más dejamos de hacerlo.

Javier una un hombre alto, de cabello castaño claro, a veces se le asomaban reflejos rubios. Tenía unos ojos café claros almendrados y unos labios rosados y carnosos que decoraban su sonrisa perfecta. Su cuerpo era un roble de brazos y manos grandes y fuertes, que se entrelazaban en mi cintura. Varias compañeras de trabajo estaban enamoradas de él, no sé por qué se fijó en mí.

Entre besos, risas y mucha complicidad, nos fuimos a vivir juntos. Yo sentía que él me entendía a la perfección, teníamos los mismos intereses, compartíamos las mismas cosas. Me contó su historia, de sus padres y hermanos, del pueblo donde creció, de la casa de campo donde aún vivían sus padres, de la muerte de su hermano a los 25 años y de cómo eso lo afectó. Me lo dijo con los ojos llenos de lágrimas. Yo lo abracé con fuerza y lloramos juntos. Sentí que estaba frente a un hombre sensible, generoso y preocupado.

Al pasar los meses, comencé a notar ciertos cambios de humor. De pronto todo le molestaba, lo que antes le gustó de mí, después lo criticaba. No le gustaba mi forma de vestir, no podía usar minifaldas o escotes, todo lo encontraba vulgar. Empecé a cambiar mi closet de a poco para no tener problemas. No le gustaba que me maquillara, decía que las mujeres al natural se veían más hermosas y verdaderas. Que las maquilladas, parecía que ocultaban algo. Así que también dejé de usar sombras y labiales. Día a día me iba quitando algo, pequeñas cosas.

Se empezó a fijar si tenía conversaciones con compañeros de trabajo que no fueran estrictamente profesionales, de no ser así, su enojo aparecía de inmediato, incluso ante compañeros de trabajo de años que eran amigos de ambos. De ser un hombre seguro y carismático, pasó a ser un ser celoso, caprichoso, inseguro e indolente. Comenzó a tratarme cada vez peor, con palabras hirientes. Me decía que estaba gorda, que tenía las piernas chuecas. Me hacía sentir tonta, porque no entendía ciertas cosas o ignorante por no saber otras. Una de las cosas que hizo, fue alejarme de todos mis amigos. Algunas amigas no estaban a mi nivel, otras eran mentirosas y me envidiaban, la mayoría estaban locas, mala clase o tenían doble intenciones, todo eso lo remataba asegurando que estaban celosas de nuestro amor. En el caso de mis amigos hombres, decía que estaban todos enamorados de mí y obviamente no podía compartir con ellos. Me aisló y me quedé completamente sola. Ahora que pienso, fui yo quien se lo permitió.

Sus dulces palabras se convirtieron en gritos y reproches, la sexualidad fue disminuyendo y me decía que ya no lo satisfacía. Su trato caballeroso lo guardaba para el resto, seguía siendo el encantador de siempre, pero ya no conmigo.

Me hizo mucho daño, pero no podía dejarlo. No tenía la fuerza para hacerlo. Sentía que no sabía que iba a ser de mi vida sin él. Nuestra relación era un desastre y yo dejé de ser la mujer risueña, espontánea y sociable. Me convertí en una sombra. La sombra de Javier. Él comenzó a brillar mucho más, incluso ganó un premio por una idea que yo le di, pero por supuesto no me dio ningún crédito, ni menos las gracias. Todo era de él, para él y por él.

Un día me miré en el espejo y no me reconocí, con la cara lavada, pantalones anchos y una polera suelta para que no resaltara mi figura y así no tener problemas. Nada quedaba de la chica en apariencia segura, guapa, que buscara revolucionar el mundo de la publicidad y la comunicación. Mis ojos estaban apagados, como si una cortina los hubiera cerrado por dentro. Ahí estaba yo, odiándome, atrapada, pero sin hacer nada el respecto. Lloré amargamente frente al espejo, como despidiéndome de la que algún día fui, como en una especie de duelo.

Los problemas se agudizaban cada vez más, era como si nuestra vida en pareja fuera el reflejo de todo el caos que estaba pasando en el mundo. La crisis económica, las guerras entre oriente y occidente, los mercados quebrados, la cesantía inaudita y las nuevas máquinas con inteligencia artificial que se habían vuelto nuestros enemigos.

Al comienzo el mundo estada feliz y revolucionado con todas las tecnologías que hacían múltiples tareas por nosotros.

Primero comenzaron por las cosas domésticas. Tremendas ayudas para los dueños de casa que ahorraban tiempo y dinero. Lavadoras, secadoras, aspiradoras y tareas que luego avanzaron a lo más robotizado. Ya no solo era una lavadora, era una máquina, conectada a wifi, que lavaba, secaba, planchaba y doblaba para entregar todo ordenado por tamaños. Programada para un día y un horario que le acomodara a la familia. Robots que cuando la ropa estaba lista, mandaba un informe a los celulares de las personas que vivían en la casa, que ya podían ir a retirar su ropa.

Ya no fue necesario cocinar nunca más, las máquinas entregaban los alimentos servidos, después de escoger el menú. Con la cantidad de grasa y azúcar adecuada para cada uno de los integrantes del hogar. Máquinas que medían la altura, peso, talla e incorporaban los registros médicos, para sugerir las comidas más apropiadas para cada uno.

El desarrollo tecnológico fue exponencial, nunca antes se había dado un cambio tan importante. Las labores que los hombres y mujeres habían realizado por años en la historia de la humanidad fueron reemplazadas uno a uno por máquinas que nos solucionaron la vida en un comienzo, pero dejaron a millones de personas sin trabajo y sin la posibilidad de adaptación a los nuevos escenarios. Al poco tiempo trajo un desempleo nunca antes visto. Los trabajadores de la construcción, del campo, los cajeros de los supermercados y negocios. Todos fueron reemplazados por máquinas y automatizados los procesos. Hacían la labor en menos tiempo y con mejor calidad.

Los autos ya no requerían ser manejados. Se popularizaron los autos sin conductores, lo que incrementó el desempleo. En pocos años, el mundo cambió radicalmente y la tecnología creó nuevos paradigmas, sin querer, el mundo enfocado en el hombre y para el hombre, pasó a ser el mundo de los robots y para los robots.

De pronto, los humanos les dimos la capacidad de pensar y tomar decisiones a las máquinas y el mundo se volvió al revés.

Ya no nos necesitaban, porque éramos una raza imperfecta, llena de errores y estábamos degradando el planeta muy rápidamente. Los hombres y mujeres necesitábamos demasiados recursos para nuestra existencia; agua, oxígeno, comida, encargarse de los desechos, el calentamiento global ya había cambiado los climas de todo el mundo y las catástrofes naturales era algo cotidiano. El mundo se estaba degradando y acabando para mantener a esta raza imperfecta.

Mantenernos con vida implicaba acabar con el planeta que las máquinas también necesitaban para vivir. Como ellos eran superiores, podían razonar y tomar sus propias decisiones, hacían todo más rápido, mejor y no degradaban el planeta, nos llamaron una plaga. Bajo los mismos conceptos y definiciones por las que los humanos exterminamos ratones, conejos, coyotes y otras especies en momentos de sobrepoblación, esta vez, a nosotros nos tenían que exterminar o en su defecto, disminuir la población hasta que, no fuéramos un problema que amenazara el medio ambiente. Algunos expertos explicaban que esto había sido progresivo y en corto tiempo, tal como mi relación con Javier, donde la anulación del otro era el mandato. Javier me anuló y las máquinas anularon a la humanidad.

Cuando nos quedamos sin trabajo, tomamos nuestras cosas y nos fuimos a vivir al pueblo de la familia de Pablo. Dejamos todo atrás. Juntamos nuestros celulares, computadores y dispositivos electrónicos con red, los apagamos y los abandonamos en el que alguna vez fue nuestro hogar. Todo lo que antes nos ayudó en nuestros trabajos, a estar conectados con las familias y amigos y por el cual muchas veces desarrollamos adicciones, esta vez, debíamos extirparlos como un cáncer de nuestras vidas para lograr sobrevivir. A esa altura todos los electrodomésticos de la casa tenían conexión a internet y funcionaban como espías. Las máquinas recopilaban la información de donde había movimiento, quién abría un refrigerador, quién ponía una clave de seguridad para entrar o salir de casa, quién había encendido un secador de pelo. Las máquinas controlaban las actividades de cada movimiento de los electrodomésticos y así, asesinaron a millones de personas en todo el mundo. Para qué decir los celulares, los que no se desprendieron de ellos, fueron los primeros en caer. Los teléfonos móviles sabían a la hora que despertabas, lo que te gustaba, dónde estabas, tus citas, enfermedades y hasta tus encuentros sexuales. Enviaban señales de ubicación incluso estando apagados.

Con Javier hicimos un pequeño duelo y dejamos atrás todas las fotos, los videos y los recuerdos de nuestras vidas que se quedaron en esos dispositivos. Solo pudimos llevar algunas fotos impresas que fueron nuestros grandes tesoros.

Fue la mejor decisión dejar la ciudad e irnos al campo, las urbes fueron las primeras donde llegó la hambruna y el exterminio. Como ya no había que alimentar a las personas, las cadenas de suministro se cortaron y la automatización de la producción de alimentos nunca más fue una preocupación. Las máquinas y los robots se hicieron cargo. Fuimos desplazados por nuestros propios inventos, víctimas de nuestro propio desarrollo y evolución.

Por primera vez se unieron los presidentes de todo el mundo, pero antes de ponerse de acuerdo en realizar alguna medida por medios de mensajes cifrados, los robots interceptaron sus comunicaciones, los descubrieron y actuaron antes. La guerra era una realidad. Humanos contra máquinas.

Las máquinas ya tenían ejércitos de robots por todo el mundo, entre ellos mismos se construían y reparaban, fábricas de robots y drones, armados. Los gobiernos de Estados Unidos, Reino Unido, Rusia, China, Corea, Japón, Irak, y muchos otros, alcanzaron a bombardear con stocks de bombas antiguas que no necesitaban de inteligencia artificial. Usaron aviones de tecnologías análogas, que ya se creían obsoletos. Explotaron plantas de construcción de robots, y minas de metales desde donde obtenían sus suministros, pero ese esfuerzo no fue suficiente. Las guerras entre oriente y occidente se habían acabado hace un tiempo, habían pactado la paz y planearon retomar las conversaciones una vez que lograran salvar la humanidad, si es que lo hacían. Por primera vez en la historia del mundo, todos se unían con un objetivo en común. Sobrevivir.

El capitalismo, el comunismo, el socialismo, el capitalismo social de mercado y todas las ideologías existentes en el mundo, quedaron atrás y dieron paso a la fe y las religiones. Las creencias aparecieron con toda su fuerza. Cada hombre y cada mujer en la faz de la tierra, le pidió a su Dios por su vida y su familia.

Fue un martes a las 3.00 am horas de Chile, cuando comenzó la masacre. Fue el mismo tiempo en todo el mundo, en distintas horas dependiendo del huso horario donde se encontrara. En algunos lugares fue de día, otros de noche. Los robots entraron a las ciudades y comenzaron a asesinar a todos los humanos que se le cruzaban. Entraban a los edificios, casas, restaurantes, oficinas, bares, todo. Asesinaron a cuanto humano se les cruzó, sin importar sexo, edad, nada. Había que controlar la plaga.

Lo hicieron de esa forma, porque razonaron que, si bombardeaban cada ciudad, si bien sería más rápido el exterminio, las consecuencias ambientales podían ser muy nocivas para la tierra. Así que decidieron que esa era la mejor opción y se organizaron entre robots limpiadores (asesinos) y robots recolectores, que iban tomando los cadáveres y colocándolos en fosas comunes inmensas a las afueras de las ciudades, para que la pestilencia y los restos humanos, no provocara más contaminación ambiental.

Las comunicaciones eran escasas, pero siempre existía un modo de enterarse lo que estaba ocurriendo, al menos parcialmente. Algunos vecinos del pueblo llegaban a la casa a intercambiar víveres y comentaban lo que sabían. Todo era incierto.

Yo, que nunca había creído en nada, un día, sentada a la entrada de la casa, mirando el cielo y el bosque verde y frondoso a lo lejos, le pedí a Dios. *Si estás ahí, por favor sálvanos.*

Los días en la casa de campo de los padres de Javier fueron complejos. Llegaron sus otros dos hermanos y sus familias. Fueron llegando uno a uno, igual que nosotros, en autos viejos que no tenían GPS ni sistemas que se conectaban a la red. Lo antiguo y viejo se volvió un tesoro y lo nuevo, una basura con peligro de muerte.

La casa no era tan grande y había doce personas habitándola. Ocho adultos y cuatro niños. La casa tenía cuatro habitaciones, así que se destinó una habitación por familia. A nosotros nos entregaron la más pequeña, puesto que no teníamos hijos. Los suministros que guardaban los padres de Javier se acabaron a las pocas semanas, pero afortunadamente estaba la tierra que nos bendecía con sus frutos y el trabajo de años de esos padres campesinos que nunca sucumbieron a las garras del desarrollo y la automatización, convencidos de que la tierra era sabia y entrega sus frutos a tiempo.

Comenzaron a pasar los días, sabiendo que en cualquier momento podían llegar las máquinas y acabar con todos nosotros, así que, en un acuerdo tácito, tratábamos de hacer como que la vida seguía igual, cuando ya todo era distinto.

Javier comenzó con ataques de ira, su odio hacia mí se volvió aterrador. En las noches, cuando nos íbamos a dormir, comenzaba a criticarme, a decirme lo desilusionado que estaba de mí y que hacía todo mal. Un día, fue tanta su ira, que me agarró del cuello y comenzó a apretarlo contra la pared. Yo intenté defenderme, pero era como si no tuviera fuerzas y todo lo que intentaba, se desvanecía en un esfuerzo inútil de poder zafarme. No sé en qué momento me soltó, caí al suelo casi desmayada y con un ataque de tos incontrolable. Tomé agua y me sequé las lágrimas. Intenté acurrucarme a su lado, esperando que dijera algo, que me pidiera disculpa y me abrazara, pero nada de eso pasó y entre lágrimas silenciosas, en algún momento me dormí.

Al día siguiente amanecí con el cuello morado. Se lo mostré y se puso a llorar. Me pidió disculpas, y me prometió que nunca más ocurriría algo así. Me explicó que estaba muy estresado por la situación y que extrañaba su antigua vida, nuestra antigua vida. Por supuesto que le creí, pero tampoco tenía la opción de no creerle. ¿Qué podría hacer? ¿Dónde podría ir? él era toda mi esperanza de que algún día volveríamos a la normalidad y estaríamos juntos. No tenía a nadie más. Traté de tapar mi cuello con un pañuelo, para que los demás no lo vieran. Creo que logré esconderlo, nadie me dijo nada.

A las tres semanas, volvió a ocurrir lo mismo. Una furia incontrolable se apoderó de él y esta vez no solo intentó estrangularme, sino que me abofeteó en reiteradas oportunidades. Javier era todo lo que me quedaba, mi familia. Me decía a mí misma que esa sería la última vez, pero no fue así, cada vez los golpes fueron peores. Ya no pude seguir ocultando las marcas. Todos me miraban y nadie decía nada. Estaba acompañada por mucha gente, éramos doce, pero nunca antes me sentí tan sola y vulnerable. A veces solo quería que llegaran las máquinas, nos mataran a todos y acabaran con tanta agonía.

Un día noté que tenía un atraso. Las pastillas y métodos anticonceptivos se habían acabado hace tiempo. Tenía terror a quedar embarazada, pero no pude evitarlo. Cuando le conté a Javier, increíblemente se puso feliz y no hubo golpes por un tiempo. Me dijo que sabía que no era el mejor momento para ser padres, pero que como fuera, él estaría conmigo. Toda la vida quiso ser padre y aunque lo más probable es que nos quedara poco tiempo en esta tierra, amaría y cuidaría a nuestro hijo o hija el tiempo que quedara.

Yo volví a enamorarme de él en este minuto. De pronto todo lo vivido había sido un mal sueño, un paréntesis. Javier sí era la persona que conocí en el comienzo. Ese hombre generoso, amable y buena gente, solo había sido el estrés de este caos en el que estábamos viviendo, ahora sí que volvería la calma, seríamos una familia y criaríamos a nuestro hijo juntos.

Estábamos completamente incomunicados, sabíamos que era la única forma de mantenernos con vida. Todas las señales podían ser interceptadas por las máquinas y podían saber la geolocalización de la señal. Si alguien encendía un teléfono, ya estábamos prácticamente muertos, solo era cosa de tiempo que llegaran los robots y perpetraran su ataque.

Pese al escenario, teníamos mucha suerte de estar con vida. Estar acompañados con la familia de Javier, aunque los problemas y las discusiones eran habituales, estábamos juntos y continuamos con vida.

Así pasaron los nueve meses que tuve a José dentro de mí. Tenía hambre todo el tiempo, la criatura me pedía más comida, pero estaba racionada en porciones equitativas para todos. Habíamos perdido todo, nuestros bienes, trabajos, todo por lo que trabajamos por años. Sin embargo, yo me sentía tan afortunada de tener una familia. Todos me trataban con respeto, pero tenía claro que no era mi familia.

Había días buenos, y nos divertíamos al atardecer jugando cartas u otros juegos. Yo intentaba enseñarles a los niños matemáticas o que mejoraran su escritura. Les leía los pocos libros que había en la casa una y otra vez. Les contaba cuentos que se me iban ocurriendo en el momento y tomábamos turnos para que cada uno contara el suyo. Era triste escuchar los cuentos que inventaban los niños, la mayoría eran de familias escapando y encontrando un lugar a salvo donde eran felices por siempre. La felicidad se había convertido en la gracia de estar vivos. Tantos años tratando de alcanzar la felicidad por medios de puestos laborales, de ascensos, de tener una linda casa, buenos autos, vacaciones exóticas en lugares perdidos del mundo y ahora el concepto de ser feliz, se resumía solo a la posibilidad de estar vivos.

Yo trataba de colaborar con el trabajo de la casa y Javier ahora descargaba su rabia, ira y frustración con sus padres y hermanos. No me sentía cómoda en medio de esas discusiones, pero no opinaba y me mantenía al margen. Finalmente, era su familia.

Hasta que un día lo traté de calmar y me pidió que habláramos en privado en nuestra habitación. Tenía una panza gigante en comparación a mi diminuto y enflaquecido cuerpo. Me abofeteó, y con su cinturón, golpeó todo mi cuerpo, con excepción de mi estómago. Grité, lloré y pedí ayuda. Javier me pegó hasta que se cansó y nadie llegó a ayudarme. En ese momento volví a entender que estaba sola, que no eran mi familia, que solo era un grupo de personas sobreviviendo juntas y que, pese a que Javier fuera un maltratador, ellos lo apoyaban y lo seguirían haciendo.

Una hora después, rompí bolsa y con la ayuda de mis cuñadas y mi suegra, nació José. Estas mujeres me miraban con cara de lástima, pero no se pronunciaron sobre los golpes. Las miré con detención y todas ellas tenían marcas en su cuello, los brazos, sus caras. Probablemente, ellas también pasaban por lo mismo y sufrían en silencio, haciendo todo nada, sobreviviendo al fin del mundo y a sus propios maridos. Las paredes gruesas de aquella casa de campo ocultaban dolores y lágrimas imposibles de pronunciar. Entendí que el periodo de gracia se había terminado y volvería a golpearme cuando quisiera. Y así fue, volvieron los golpes, los intentos de estrangulamiento, pero esta vez yo no estaba sola. José estaba conmigo y dependía de mí. Yo era responsable de su vida y mantenerme con vida era parte de mi responsabilidad para que él pudiera crecer y vivir lo mejor dentro de las pocas posibilidades que tenía. Entendí que cualquier día Javier iba a matarme y José se quedaría sin madre. Así que ideé un plan.

***

Intenté ser complaciente con Javier en todos sus requerimientos, fingí amor cuando ya no quedaba ningún sentimiento, asentí a todos sus caprichos, a todas sus opiniones, con el propósito de recuperarme físicamente y sentirme más fuerte para poder escapar. El parto y los golpes me dejaron débil, pero debía recuperarme para poder tener opción de salir de aquel lugar de tortura. Tomé una mochila y la escondí debajo de unos maderos donde terminaban los prados y comenzaba el bosque. Una de mis cuñadas me regaló un portabebés, donde ponía a José y salíamos a dar un paseo a diario por el campo. En el portabebés aprovechaba de ocultar comida, agua y alguna que otra cosa que conseguía robando a los demás o de la despensa común y las ocultaba en la mochila bajo los maderos. Comencé a ayudar más en la cocina y a robar comida de los platos antes de servirlos. Eran cucharadas de comida que no me correspondía, pero las necesitaba. A los únicos que no les robaba, era a los niños. Ellos necesitaban crecer aún.

Mi idea era escapar de noche, mientras todos dormían poner a José en el portabebés y salir de allí sin mirar atrás. Pero no ocurrió así. Un día, mientras estaba paseando con José, en plena tarde, atravesando los prados para ocultar algo de comida en la mochila, escuché gritos y un tiroteo. Intenté volver, pero a lo lejos vi la casa de campo rodeada de drones armados y las máquinas con caras simulando a las humanas, pero sus cuerpos de fierro y plástico los delataban a medida que iban entrando Sentí mucha impotencia. Quería salir de ahí y no volver a verlos nunca más, pero no de esa forma. Entre lágrimas tomé la mochila y me interné dentro del bosque con José. Mi corazón latía fuertemente mientras corría, y me alejé de ese lugar, sin saber dónde ir, con mi pequeño y una mochila con algunas cosas para sobrevivir.

Así fue como llegué a tu casa, Lucía. En medio de la incertidumbre, tu perro martín nos guio.

Capítulo 7

Cardenales

22 abril, Santiago

Hoy tuve un sueño extraño y me dio mucho miedo. Me encantaría contarle a Bernardo, pero él no cree en esas cosas. Soñé que estaba en medio del mar y había un tremendo caos. Había muchas personas en el agua, algunos comenzaban a hundirse y no salían más. Ya no recuerdo bien los detalles de ese sueño, pero sí recuerdo la sensación de escasez con la que desperté. Vi hielos en medio del mar derritiéndose y no había lugares de tierra donde la gente pudiera llegar.

Agradezco tanto tener ese pequeño pedacito de tierra inserto en una colina en medio de un bosque. Es nuestro refugio. Cualquier cosa, solo tendremos que llegar allí.

Como sé que mis sueños me hablan y ha sido así toda mi vida, creo que tendré que idear un plan de sobrevivencia en caso de que algo ocurra. Sé que estoy un poco paranoica, pero no pierdo nada con ser un poco precavida y tener un plan B. Los cristianos venimos esperando el apocalipsis hace siglos y creo que no tiene nada de malo guardar un poco de agua y comida. Puede servir para una catástrofe, o para no salir a comprar en un buen tiempo si quiero hacer un tipo de retiro espiritual. Vivimos en un país de terremotos, así que creo que se justifica mi acumulación, por lo menos eso le diré a Bernardo cuando me pregunte si llega a ver mi surtida y copiosa despensa. Daniel es pequeño y tengo que protegerlo. Bernardo obviamente no va a creerme y pensará que estoy loca. Que tome una decisión a partir de un sueño es algo completamente irracional para él, pero la verdad es que este tipo de decisiones nunca se las converso, solo lo hago y corro el riesgo al linchamiento.

***

4 de octubre, Playa Lemu

Estoy un poco cansada de llevar provisiones, agua, semillas, etc. a mi casa bosque. Tengo pilas, baterías, y todo lo necesario para sobrevivir un buen tiempo. Creo que vale la pena, confío en mi intuición, siempre lo he hecho y nunca me he defraudado, pero esta vez me siento un poco loca. He gastado un montón de dinero en todo este proyecto que no sé si algún día efectivamente llegue a servir. No sé si ocurrirá algo en mi país o será algo mundial. O quizás nunca ocurra nada. Estoy un poco loca, siempre lo he sabido, pero quizás esta vez deba ver un psiquiatra. Esto es paranoia y no le puedo decir a nadie. *No me siento enferma como para que me internen, pero creo que ningún loco se siente lo suficientemente para que lo encierren. Si Bernardo se entera, será una pelea espantosa y quizás él me mande a una clínica. Afortunadamente, anda viajando y puedo realizar esta locura con calma. Confío en que Dios me envió ese sueño por algo, como siempre lo hace. Estoy un poco loca, sí, pero quizás por eso mismo me manda esos sueños con señales. Sabe que solo una loca como yo los tomaría en serio.*

***

12 marzo 2020, Santiago

No estaba loca. Nos han encerrado a todos. Un virus que comenzó en China se extendió por todo el mundo y ha muerto mucha gente. Bernardo alcanzó a llegar de su viaje, cargamos el auto con la mayor cantidad de alimentos enlatados y nos fuimos a nuestro refugio. Siempre supe que tenía que confiar en mi instinto. Bernardo no puede creer todo lo preparada que estoy, quedó sorprendido cuando vio todo lo que hice. Aun así, con su afán controlador, a pesar de que estábamos a salvo y teníamos suficiente, él no perdió oportunidad de preguntarme cuánto había gastado en todo eso, y me trató de exagerada, y que todo duraría, cuando mucho, un mes. No quise decir nada. Estoy segura de que esto se alargará meses, quizás años.

Bernardo es un hombre racional y metódico. Es un hombre exitoso en los negocios, sabe cómo se mueve el mundo y lo admiro mucho por eso. Pero también sé quién soy, aunque a veces dude de mí, sé que tengo una intuición desarrollada más que el resto de las personas y tengo el regalo que viene de Dios de darme sueños premonitorios, al igual que lo hizo en la antigüedad a muchos hombres de Dios como José, Daniel, José, el padrastro de Jesús en la tierra y muchos otros. Dios me ha bendecido con sueños, que me van mostrando el camino y me preparan para lo que viene.

Así que no voy a entrar en discusiones, si es necesario pediré disculpas y dejaré que el tiempo me dé la razón.

***

5 de septiembre, Playa Lemu

Estos seis meses de encierro han sido una combinación de inquietudes y sentimientos. Estoy feliz de poder estar en esta anhelada cabaña en medio del bosque. Es un paisaje maravilloso y caminando a poca distancia, se puede ver el mar en todo su esplendor. Ese azul oscuro e intenso del mar pacífico, que cuando se revuelve entre el viento y el movimiento de sus olas, deja ver un verde brillante y claro.

Estar en medio de la naturaleza con mi familia, es un tremendo privilegio. En medio del bosque de pinos y eucalipto, con esos olores intensos que me recuerdan a la Navidad y el aroma a tierra mojada del rocío de la mañana, convierten este lugar en un paraíso.

Sin embargo, estamos aislados. No vemos a nadie y nadie nos ve a nosotros. Afortunadamente, Bernardo trajo una señal satelital, para no tener problemas con el internet y poder trabajar online. Las clases de Daniel son todas las mañanas y se tiene que conectar varias veces al día. Ha sido difícil que un niño de cuatro años preste atención a una pantalla, pero creo que lo estamos logrando. Lo estoy logrando más bien. Bernardo se lo lleva encerrado, reunión tras reunión. Y todo lo que para mí es un paraíso, para él es un infierno. Yo me siento libre en contacto con la naturaleza. Bernardo se siente estresado, encerrado y le da ansiedad no tener ningún lugar para ir. En la televisión todos los días antes de comenzar las noticias, dan las cifras de contagiados y muertos. Es aterrador escuchar las cifras. Nos vamos enterando de gente conocida que lo contrajo, la mayoría lo supera, pero otros mueren. Sobre todo, los que ya tenían enfermedades de base y los adultos mayores. El invierno empeora la situación con la complicación de las vías respiratoria. Tengo miedo de contagiarme, pero lo bueno de ser una mujer de fe, es que sé que Dios está conmigo. No es que vaya a tener un pase libre para ahorrarme los sufrimientos, las enfermedades y los dolores de la vida, pero sé que estará a mi lado para ayudarme a superarlos y saldré fortalecida y con nuevos conocimientos de cualquier cosa que me suceda. Es por eso que intento vivir confiada, pero soy humana y a veces el miedo y la ansiedad me inundan y lloro hasta que se me pasa.

El virus se llama coronavirus y lo nombraron así porque en el microscopio tiene unas puntitas que parecen formar una corona. Ahora lo comenzaron a llamar Covid 19. "CO" por corona, "VI" por virus y "D" por enfermedad en inglés. El número 19 es por el año que comenzó 2019. Los síntomas son fiebre, escalofríos, dolor de garganta, dolor de cuerpo, dolor de cabeza, mucha tos, pérdida del olfato, dificultad para respirar. Es como una gripe sumamente fuerte que afecta los pulmones. Como una especie de neumonía y tienen que entubar a las personas más graves para mantenerlos con vida. La tercera edad es la población más afectada y la mayoría de las personas, han determinado aislar a sus adultos mayores para protegerlos de virus, pero les han quitado la vida. Poder compartir con sus familias, sus nietos. Son el rango atareo que han estado más solos, con severas consecuencias mentales.

Hemos estado encerrados por meses y nos hemos dado cuenta, a duros golpes, de lo necesario que son nuestras redes sociales. Lo importante y saludable es compartir con la familia, los amigos, los compañeros de trabajo. Los trabajos online nos han alejado del contacto diario con el mundo social exterior, pero a los que tenemos hijos, nos han permitido pasar más tiempo con ellos. Y aunque las casas son a ratos un desastre, entre la limpieza del hogar, los trabajos a distancia, las clases online, el estrés y las comidas, este tiempo desafiante nos está mostrando quienes somos y nos da una oportunidad para conectar entre nosotros. Mostrando lo bueno, lo malo y lo que ya no queremos tolerar.

Una cosa que adoptamos como familia en este tiempo, es dar las gracias a Dios por los alimentos todos los días. Todo está tan raro, que no sabemos qué pueda suceder. En estas circunstancias parece más claro lo afortunados que somos de tener comida sobre nuestra mesa todos los días. Miles de personas han perdido sus empleos y lo están pasando mal.

Estoy cansada y si bien estoy agradecida de estar aquí, me aterra que esto dure para siempre. Tengo fe en que eso no ocurrirá y encontrarán una vacuna prontamente, pero me horroriza pensar que esto se siga alargando indefinidamente. Me aferro a Dios y con Daniel, oramos todas las noches antes de dormir para que esto termine. Él pide volver a su colegio para volver a jugar con sus amigos. Yo pido que me dé fuerzas para soportar lo que tenga que venir y que me dé energía, cada día me siento más cansada y me duele mucho el cuerpo.

***

3 septiembre, Playa Lemu

Estar encerrada con este hombre es un martirio. No le gusta nada, nada es suficiente, por todo reclama, de todo tengo la culpa y yo ya quiero que lo envuelva una nube espesa de coronavirus, se lo lleve a una oficina lejos, con conexión a internet y que sea feliz.

No puedo seguir escribiendo porque aún tengo que terminar de lavar la loza, limpiar los baños, limpiar el desastre que dejó Daniel con las pinturas, y demasiados etcéteras. No se han secado las toallas y no me he podido bañar, porque no hay suficiente presión de agua. Tengo el pelo tieso y sucio. Estoy *agotada y quiero irme lejos. A ver si así, de una vez por todas, Bernardo se da cuenta de lo que hago diariamente y entiende que criar a un hijo no es nada sencillo.*

A veces escribo todos los insultos que quiero decirle y luego rompo el papel, para que no quede huella de mi locura y de todas las palabrotas que escandalizarían hasta al más deslenguado.

***

Querida Lucía, no sé qué sería de mí sin tus escritos. Es recordar viejas historias que alguna vez me contó mi mamá sobre la pandemia que vivieron cuando yo era pequeña. Yo nací producto de esa pandemia y del aburrimiento de mis padres. Me contaron que estaban abatidos sin poder salir de casa. Fue entonces cuando trajeron una aventura a sus vidas y esa entretención fui yo. Creo que debe haber sido la última vez que pasamos los tres tanto tiempo juntos.

No tengo recuerdos de ver mucho a mis padres durante mi infancia trabajaban y llegaban tarde. Yo me crie con una nanny que hizo lo mejor que pudo. Pero ella tenía sus propios hijos, me dio mucho amor, pero yo extrañaba y necesitaba el amor de mis papás. Ellos trabajaron muy duro para que yo me educara y no me faltara nada. Lo triste es que me faltaron ellos. Los fines de semana, cuando podíamos estar juntos, había muchas cosas que hacer, ir al supermercado, cocinar para la semana, ordenar la casa, y un sin fin de tareas. Lo lindo era cuando veíamos películas familiares los viernes por la noche y nos moríamos de risa. Esos, junto con la celebración de mis cumpleaños, son los mejores recuerdos que tengo.

Todo eso me parece tan remoto. Como de otro mundo, de otro siglo. La vida ha cambiado tanto. Mi problema de niña fue el abandono, aunque sin intención de mis padres. Estaban presentes, pero emocionalmente ausentes. Estaban trabajando o sumamente cansados intentando descansar un poco. Hoy, no tengo a nadie, solo a ti, que de alguna forma me escuchas. No puedo hablar estas cosas con José, es solo un niño. Me preocupa que no vea a otros de su edad, ni a otras personas. Se entretiene mucho solo, me recuerda mi infancia. Afortunadamente, tiene a su gran compañero que lo sigue para todos lados, tu perro martín y a mí, que estoy disponible para él todo lo que más puedo. Intento ser la madre y el padre que me habría gustado tener. Extraño a mis padres y me duele pensar que nunca más sabré de ellos.

José ha crecido mucho, ayer cumplió 5 años y lo celebramos con un pequeño paseo a mirar el mar. Fue su primera vez frente al mar. No podía creer su magnitud y abría sus ojos con una expresión de sorpresa infinita. Estaba feliz. Nos quedamos como una hora contemplando el mar y sus olas, sus colores azulados y verdes revueltos y ese momento mágico en el que el agua se levanta con orgullo y se azota voluntariamente cerca de la orilla, dando origen a una espuma que muere y renace eternamente incrementando la belleza de su existencia. Sabemos los riesgos que existen al alejarse tanto de casa, pero ayer lo hicimos y fue hermoso Lucía. Sé que estuviste con nosotros.

***

Hoy, no aguanté más estar encerrada con Bernardo, dando vueltas por toda la casa, como el ogro de la película infantil, cuando extraños entran a su pantano. 'Bernardogro' reclamando por todo, todo está mal y nadie hace las cosas como las haría él, que es el único que sabe cómo hacerlas. Así que le dejé a Daniel y salí sin dirección. Caminé una hora. Para mi sorpresa, me encontré con otra cabaña, parecida a la mía, de madera, pero un color verde más oscuro. No sabía de su existencia. Me acerqué y llamé a la puerta, pero nadie salió. Tengo la sensación de que había alguien dentro, pero no quiso salir. Al parecer tengo vecinos.

Capítulo 8

Armenias

Lucía:

José está cada día más grande y hermoso. Con tan solo cinco años aprendió a leer. Todas las noches sacamos alguno de los cuentos de la biblioteca, que supongo alguna vez fueron de tu hijo. Le he estado enseñando las letras, las vocales, pero nunca imaginé que aprendería tan rápido, que iba a tomar los libros por su cuenta y a comenzar a leerlos. José es muy inteligente, es un niño rápido, astuto, curioso. Todo tiene que tener un porqué y él quiere saberlos todos. Yo intento darle las mejores respuestas que puedo de acuerdo a su edad, pero en ocasiones no sé cómo contestar a sus elevados cuestionamientos.

A veces me embarga la tristeza y la nostalgia. Extraño la vida que tuve algún día, mi trabajo, amigos, a mis padres. Todo eso quedó atrás. Siento como si hubiesen pasado décadas, pero la verdad es que no ha sido tanto tiempo. La humanidad cambió tan rápido, que a veces siento que esto es parte de un mal sueño y en cualquier momento voy a despertar.

Pese a tu periodo en la pandemia, debió ser lindo criar a un hijo con la posibilidad de llevarlo al colegio, llevarlo de viaje, o simplemente bajar por esta colina hasta llegar a la playa. Tengo el sueño de poder hacerlo algún día. Llevarlo al mar, que se moje sus piecitos, que disfrute con la arena y se le pegue por todo el cuerpo. Sé que es peligroso hacer algo así en este momento, pero tengo fe en que algún día todo esto cambiará. Volverá a existir paz, y volveremos a ser libres. Ese día lo espero con ansias. Ese día será tan hermoso y correremos con José a encontrarnos con el mar y nos mojaremos todo el día, y haremos angelitos de arena, nos reiremos y volveremos a empezar.

***

Hoy se enfermó martín. José estaba muy triste y se mantuvo a su lado todo el tiempo acariciando su lomo. Martín ha sido el compañero de José todos estos años. Está muy viejito, está cada día más sordo y ya le cuesta ver. El otro día le dieron unos ataques y se retorcía en el sueño y apenas logró respirar. Creo que debe ser algo parecido a la epilepsia. Tengo la sensación de que se aproxima su final y tengo tanto temor de que eso ocurra. José lo extrañaría tanto.

***

Daniel:

Hijo mío. Lo que encontrarás en estas líneas son las cosas más preciadas que te puedo dejar. Espero que no sea mi hora prontamente, no está en mis planes dejar este mundo aún, pero como no depende de mí -y soy una controladora-, prefiero escribir estas líneas. Pensando que, en algún momento de tu vida, cuando yo no esté, estas líneas puedan, quizás, ayudarte y darte consuelo. También para que te diviertas un rato pensando sobre todas las tonterías de tu madre.

Primero que todo, te repetiré algo que ya sabes y te digo todo el tiempo. Te amo con locura. Eres el mejor regalo que me dio Dios y tu padre. Y la lista de regalos, privilegios y bendiciones que he tenido en la vida es larga. Pero tú, eres la joya más preciada. El impulso y la fuerza que me desafía a ser mejor cada día. Una de las razones que le dan propósito a mi existencia y la revelación incuestionable de la existencia de Dios.

Seguramente encontrarás cosas en este texto que harán que te desilusiones de mí, seguramente me juzgarás y te enojarás. También me amarás, algunas veces me comprenderás, otras no. Lo importante es que todo lo que voy a dejar plasmado en estas líneas, es mi verdad, con la más completa honestidad. Todo lo que está escrito en esta carta, es lo que he vivido, lo que creo, lo que siento y lo que, quizás algún día, te ayude o te de luces a tu vida para tomar buenas decisiones.

Intento ser lo más auténtica posible donde sea, ser fiel a mí, pero todos tenemos dos caras. Hay una cara que es más linda y nos gusta mostrar más. Y otra que nos produce dolor, vergüenza, de la que no nos sentimos orgullosos. Yo creo que, en la vida, los objetivos de nuestra existencia son amar y aprender. La segunda cara, es donde están nuestros mayores desafíos de aprendizaje. No te quiero mostrar a una mamá perfecta, porque no lo soy. Te quiero mostrar a una mujer real, que ha tomado buenas y malas decisiones y que te muestra ambos lados de la moneda. Para que tu crecimiento emocional, espiritual, intelectual y físico, pueda ser con más herramientas que el mío.

No es fácil desnudarse ante un hombre, menos ante un hijo, con lo más íntimo que uno tiene, sus sombras. Pero lo hago con todo el amor del mundo y te pido perdón desde ya, por todo el dolor que te pueda causar. No es la intención de esta carta. Mi objetivo tiene que ver con traspasarte lo que he aprendido de la vida. Entregarte mi sabiduría, que puede ser poca, o mucha. Tú la podrás juzgar. Pero son los grandes tesoros que poseo. Necesito y siento que es mi obligación y responsabilidad, entregarte todo lo que tengo.

Tienes diez años, estás con tu papá en un campeonato de fútbol en Santiago y yo estoy pasando el fin de semana en nuestro refugio. Tomándome un tiempo para mí, descansando *y escribiéndote esta carta que espero leas algún día. Cachorro de mamá.*

Hacía poco habíamos terminado de construir la casa en el bosque. Ese rinconcito de tierra atiborrado de flores silvestres y otras encajadas en lugares específicos, que hacían pensar que era una parte del jardín del edén en la tierra.

Desde el primer instante que tomé posesión de la casa, luego que terminamos de construir, supe que iba a ser nuestro refugio. La casa es de madera verde y se mezcla con los pinos y eucaliptos de la zona, erupciona desde el centro del terreno, decorada por dimorfotecas, lavandas, agapantos y cardenales. Una casa sencilla, pero con toques encantadores y llamativos, que hacían que no quisiera salir de allí. Un pequeño living-comedor con cocina con mueble isla para disfrutar almuerzos, cenas familiares y atardeceres multicolores como telón. Por las noches se podía escuchar el mar y respirar aire puro. Sentir la suave brisa marina, escuchar los grillos, los pájaros.

Percibir el sutil perfume de un aromo que se asomaba a lo lejos, y ensimismarse con la perfección del plumero azul, que hacía alarde de su hermosura por distintos rincones de los 10.000 centímetros al cubo de sueño cumplido. Todo iba aparentemente demasiado bien en mi vida.

Esa mañana de enero me levanté con un intenso dolor de espalda. Algo habitual dentro de los cuatro meses que llevaba esperando la operación que fijaría mis vértebras con ocho pernos y dos barras de algún metal clemente. Me levanté y vi el sol esplendoroso como lo son todos los días de enero en la capital de Chile, preparé mi café de grano, con azúcar rubia y leche sin lactosa. Mis mañanas no pueden comenzar sin ese ritual, si no me arrastraría todo el día en alguna galaxia contigua. No todos los días me levantaba coja, aquel día sí. La cojera era proporcional a la cantidad de dolor y del 'pinchamiento' del sistema nervioso central que estuviera ocasionando mi vértebra escurridiza y bailarina.

Apreté la faja a mi estómago lo más ceñida que pude bajo el vestido verde acampanado que disimulaba las finas barras de mi faja. Las pequeñas presillas de metal macho y hembra que iban de arriba abajo con forma de corsé se entrelazaban y comprimían no solo mi espalda, sino todos mis órganos. Una vez más no podría comer mucho durante el día, tenía que elegir entre estar hambrienta o desarmada con un dolor intenso. No había muchas opciones, comer tendría que ser algo que dejaría para el regreso a casa al terminar la jornada laboral.

Entre mis propias dificultades de movilidad y el corsé, sumado a la elección de tenida habitual que tenía que cumplir el requisito de ocultar el armazón interno, me demoraba más que un hombre con celular en el baño. Tomé mi cóctel de medicamentos de múltiples colores y tamaños. La noche anterior no había dormido bien. Estar acostada era mi posición preferida para mi diagnóstico lumbar, pero no había descansado y sentía que arrastraba a cuatro luchadores sumo, cada uno encadenado a una extremidad.

Mi cuerpo hacía años que no era el mismo, a mis treinta y siete años nada quedaba de la joven deportista llena de energía que recorría el mundo como lobo de Tasmania. El número de mis enfermedades me volvía el peor partido. Me había convertido en una treintañera con dolencias de una anciana.

Desde que era adolescente llamaba mucho la atención con mi figura curvilínea y estilizada. Mi cara extremadamente blanca en contraste con mi cabello casi negro, largo y ondulado en las puntas, al caminar producía un vaivén entre paso y paso que destacaba mi trasero pomposo, logrando siempre varias miradas insinuantes en el público masculino. Si me veían de frente, podían encontrarse con mis grandes ojos cafés de largas y tupidas pestañas. Si me veían por detrás, dos cerros gemelos se asomaban para saludar. Había tenido la fortuna de ser bella y mi vanidad se regocijaba en las miradas de deseo, envidia y admiración de hombres y mujeres. Por años había sustentado mi seguridad en mi belleza. De esa Lucía, poco quedaba.

Las únicas miradas que atraía eran de compasión y tristeza. Me movía poco y engordaba bastante a causa de mi obligada sedentaria vida. Mis músculos permanecían ocultos después de la piel y varias capas de grasa. Me había cortado el pelo y mis ojos ya no eran alegres y vivaces, sino unos ojos que imploraban que el mundo se detuviera por un tiempo hasta que volviera a ser la misma de siempre. Mis brillantes ojos grandes y café, con mirada profunda, ahora estaban enmarcados entre pliegues horizontales entre lado y lado de la cara, como guiones dentro de un paréntesis. No me reconocía al espejo ¿De verdad era yo? Yo y mi seguridad nos habíamos ido al carajo.

Pese a lo mal que me sentía físicamente, estaba feliz por tener en mi vida al más hermoso regalo que Dios me pudo dar, a ti, mi tesoro hermoso. Tres años tenías en ese entonces, hacía poco habías entrado al colegio y eras el niño más encantador del planeta por lejos. Recién habíamos terminado de construir nuestro paraíso en la tierra cerca del mar, tenía un buen trabajo, no tenía aprietos económicos, estaba casada con un buen marido. ¿Qué más se le podía pedir a la vida?, además de salud, obviamente.

El ítem salud, sabía que era algo pasajero y duraría un tiempo, mientras obtuviera buenos resultados de exámenes de sangre superando la anemia para poder operarme y convertirme en la mujer biónica. Lucía 2.0 renovada. Aunque me aterraban las cirugías y todo lo que tuviera que ver con sangre e inyecciones, sabía que los pernos y las dos barras, fijarían mi segunda oportunidad de cuidar mi espalda. Esta vez tratarla con la dignidad que se merece y me regalaría pasos firmes y un ritmo seguro sin dolor ni cojera. Raya para la suma, la vida no era perfecta, pero iba bastante bien, o eso era lo que quería creer.

Salí del estacionamiento subterráneo manejando mi auto al trabajo como de costumbre. Era un día soleado y veraniego, tal como me han gustado siempre. Estaba en la hora, debía acelerar un poco. El tráfico estaba espeso por mi camino habitual a la oficina. Tomé un camino alternativo por la autopista. Amo las autopistas y manejar rápido. Mejor aún si es escuchando a todo volumen a mi cantante mexicano favorito.

Ese día no sé por qué, no llevaba la música encendida. De pronto aparece majestuoso un camión de varios metros de largo con acoplado, imponente, blanco en toda su extensión. Unas ruedas enormes. Las ruedas de mi auto parecían de juguete al lado de aquellos neumáticos venidos del espacio. Algo pasó en mí, mi cuerpo se entumeció, mi pecho se encogió y sentí como que el tiempo se detenía, como que todo estaba pasando en cámara lenta. Nació en mi un incontrolable deseo de lanzarme contra aquel camión y que todo acabara en ese mismo instante. Ese camión se convirtió en la respuesta a todas mis contrariedades. Como si hubiese estado sin comer por veinticuatro horas y me ofrecían un chocolate sabroso y a medio derretir. Sabía que al comerlo me iba a ensuciar y a quedar toda manchada, pero también me daría el placer de comerlo y la paz de sentirlo en mi estómago. De pronto y por algunos segundos mi mente solo quería estar debajo de ese camión, dejar de respirar y sentir alivio.

Dios es bueno, mi corazón, porque si hubiese seguido mis deseos, hoy no estaría en este mundo escribiéndote esta carta. Afortunadamente, no lo hice, y hoy puedo seguir disfrutando de la vida, que no es fácil, pero es hermoso vivirla. Ese día llegué muy mal a la oficina, no podía creer lo que había vivido. Me llamó una amiga y le escupí todo lo que me había pasado, llorando, sentada en el escritorio de mi oficina en la revista. Me recomendó tomar todas mis cosas e irme de urgencia a visitar a mi psicóloga. Ella me derivó al psiquiatra y tomé medicina por dos años. Mi diagnóstico era obvio para todos, menos para mí, depresión.

Así como el cuerpo se enferma, la mente también lo hace. Que bien sabes que soy una mujer cristiana que amo a Dios y nunca, en mi sano juicio, pensaría en quitarme la vida, menos en dejarte solo. Pero hay momentos en que la mente se nubla y eso no discrimina raza, sexo, edad, situación socioeconómica, ni fe. Está bien no estar bien a veces. Está bien tener pena, está bien llorar. Lo importante en esos momentos es parar un poco, y aferrarse a Dios. Esperar que pase la tormenta tomados de su mano. No siempre estaré para protegerte mi amor, pero Jesús siempre lo estará.

A simple vista, en ese momento yo era una mujer que lo tenía todo. Una profesión, recursos, una familia, un hijo maravilloso. Pero falló una cosa, la salud, y mi mundo comenzó a empañarse. No me di cuenta en qué momento mi salud mental se deterioró tanto. Vivía en una burbuja y en una rutina que me absorbía. Intentando ser la mejor empleada, la mejor esposa, la mejor madre, la mejor en todo para los demás, pero me olvidé de mí.

Ese periodo de mi vida me marcó profundamente y sufrí mucho. Pero la única responsable fui yo. Ahora que han pasado los años, veo que todas las enfermedades que adquirí en ese corto tiempo me permitieron volver a conectar conmigo misma. El sufrimiento y el dolor me llevaron por un camino donde me volví a preguntar qué era lo que quería, cuáles eran mis necesidades, quién era o en quién me había convertido y cuál era mi propósito de estar aquí en esta tierra. Preguntas que parecen muy inocuas, pero que, al intentar responderlas, me llevaron a un viaje de estudio e introspección, que hoy me dan la claridad para escribirte esta carta, y darte consejos que aún no me pides y quizás nunca lo hagas.

Querida Lucía,

Siempre te vi tan sabia y espiritual. Nunca me imaginé que pudieras haber pasado por algo así. Me conmueve leerte, sabiendo cómo amaste a tu hijo, que hayas pensado en aquella posibilidad. Se te ve tan joven, feliz y enamorada junto a tu hijo en las fotos que tienes colgadas por todas las paredes de esta casa. Pero creo entender en cierta medida lo que pudiste sentir. Y es que cuando la vida te pone en situaciones de desesperación, la mente divaga por calles oscuras.

Recuerdo una noche en el bosque, estaba tan cansada de tanto caminar. Acomodé la frazada junto a un árbol y acomodé a José en mi regazo. Tenía tanta hambre, me dolía todo el cuerpo y ya no me quedaban fuerzas. Esa noche miré al cielo y la luna estaba llena, resplandeciente. Pensé que era una linda noche para morir. Estaba tan cansada que en un momento solté a José y me dejé llevar no sé si por el sueño o un desmayo. Imaginé que moría y salía de mi cuerpo y sentí paz y un tremendo alivio. No sé cuánto duró ese momento. No sé si fueron horas, minutos o solo segundos. Pero me dejé llevar y en el fondo de mi corazón lo único que quería era morir. Salí de ese trance con el llanto de José. Lo tomé, lo acurruqué y me di cuenta de que no podía dejarlo solo. No sé si nosotras salvamos a nuestros hijos, o son ellos quienes finalmente nos salvan de nosotras mismas.

...la vida no es fácil, mi cielo. Pero es hermosa si uno entiende que tiene altos y bajos, dulce y agraz. Amaneceres resplandecientes en un cielo prístino y días de neblina que con suerte puedes ver lo que hay a un metro. Tú eres un chico valiente y sé que lo serás de grande. Eso no significa que no tengas miedo, sino que pese a tener miedo, lograrás enfrentar cualquier tormenta, hasta que salga el sol. Ser valiente no significa no tener miedo, como muchas veces ya te lo he dicho, significa que, pese a tus miedos, haces lo que debes hacer y los enfrentas, los manejas, te haces cargo. Consciente de tu temor, pero también sabiendo de que el único camino de acabar con los miedos es enfrentarlos.

Rodéate de gente positiva y que te ama, que te hacen bien y te tratan bien. El día a día al final de cuentas va formando una vida, evita a las personas que viven en la queja, tóxicas, esas personas tienen sus propias heridas y en su momento, como todos, tendrán que hacerse cargo. Pero tú no eres psicólogo de nadie, y aunque después quizás te conviertas en uno, quién sabe, no puedes pasar tu vida intentando reparar las vidas de otros. Todos tienen sus tiempos y sus batallas personales. Tú puedes acompañar y apoyar, pero no haciéndote cargo ni soportando faltas de respeto ni malos tratos. Rodéate de gente positiva y vivirás más. Que nadie apague tu risa ni tu luz.

Júntate con gente que sea como quieres ser. Si quieres ser una persona sana, creyente y trabajadora, júntate con gente deportista, creyentes y trabajadores. Tú serás uno más y te ayudarán a convertirte en lo que quieres ser. Por el contrario, si te juntas con viciosos, y unos 'don nadie', también serás uno más. Sé sabio en escoger la gente que te rodea mi amor. Depende solo de ti formar la vida feliz que quieres.

Que no te importe lo que piense el resto. La vida es una sola cómo para andar dando el gusto a los demás, o para preocuparte de la opinión que tengan de ti. Te adelanto que hay gente que te va a amar y va a creer que eres lo máximo. Otras personas te van a odiar, dirán que no tienes gracia o no haces bien las cosas. Que toda esta gente no influya en tu vida. Son personas carentes de luz, llenos de odio y envidia y solo quieren apagar tu brillo. No se los permitas y aléjate de ellos. No valen la pena ni siquiera perder tiempo pensando en ellos ni en sus opiniones. Por lo general cuando las personas hablan mal de otra gente, están hablando de ellos mismos. Y ven sus propios defectos en el resto.

Elige bien a quién le cuentas tus intimidades. Si alguien te viene a contar las intimidades de otro amigo o de otras personas, ten claro que después hablará tus propias intimidades con otras personas.

Domina tu lengua y dominarás el mundo. Lo dice la biblia en varios pasajes, lo dicen los dichos populares "el pez muere por la boca", y lo dicen filósofos sabios como Aristóteles "Cada uno es amo de su silencio y esclavo de sus palabras". Cuando no tengas nada que decir, calla. Cuando quieras salirte de madres y mandar a la mierda, primero calla. Intenta reflexionar sobre tu impulso, si llegas a llegar a la conclusión de que es lo que hay que hacer, después abre tu boca y manda a la mierda. Pero no te dejes guiar por los impulsos del momento. Porque es ahí cuando muchas veces nos equivocamos y herimos a la gente que amamos sin querer hacerlo. Te lo digo por experiencia propia, que tengo una lengua larga y filosa y a veces me dan ganas de cortarla.

Cuando vengan las dificultades, no dejes de hacer ejercicio. El ejercicio es para el cuerpo, pero también para la mente. Activa las hormonas de la felicidad en el cuerpo y aclara la cabeza. El ejercicio te dará nuevas perspectivas y te sentirás mejor de ánimo.

No asumas pensamientos en otras personas. Si tienes dudas, pregunta. Si quieres saber algo, pregunta. Si quieres saber por qué hizo o dijo algo, pregunta. No asumas nada en tu cabeza.

A veces nuestros propios pensamientos nos dictan cosas que no son reales y las asumimos como ciertas. Y muchas veces estos pensamientos buscan autosabotearnos, para no enfrentar o asumir ciertas realidades. Cuando dudes de algo, haz las preguntas indicadas a quién corresponda y luego pregúntate a ti mismo, por qué te surgieron esas preguntas. Puede haber respuestas que quizás no tengan que ver con los otros y tienen todo que ver contigo. Este ejercicio es saludable y permite conocernos cada día más.

Domina tu mente. Si dominas tus pensamientos, dominas el 95% de tu vida. Todo está en tu mente. Tu felicidad, tu prosperidad, tus relaciones, tu fe. Domina tus pensamientos, piensa en las cosas que quieres y no en las que no quieres. La mente es como un arma de doble filo, puede ser un aporte en tu vida o tu mayor destructor. Úsala para que construya la vida que quieres. Lo que uno piensa, luego lo dice y las palabras crean realidades. Todo está en tu mente.

Cultiva la disciplina. El mundo está lleno de genios en potencia que nunca llegaron a serlo por no tener la disciplina suficiente. Tu mente y tu disciplina pueden crear la vida que quieres. Todo depende de ti y está en ti.

Hazte cargo de tus heridas, de tu historia y sana lo que tengas que sanar. Lamentablemente, tu papá y yo te vamos a dañar. Estamos intentando hacer lo mejor que podemos con las herramientas que tenemos, pero te adelanto, que hay cosas que no las haremos bien y van a traer consecuencias a tu vida *futura. Desde ya te pido perdón por todas esas cosas que hacemos y haremos mal. Sé que tu papá también lo siente así. Pero te prometo que nos estamos esforzando para ser los mejores padres que puedas tener.*

Se independiente emocional y económicamente. Que tu estabilidad financiera y emocional nunca dependan de otras personas. Los malos momentos, las malas rachas y los problemas van a llegar, pero nunca deposites tu felicidad ni tu mantenimiento en manos de otros. (Solo en las nuestras, hablo por tu papá y por mí, que mantenerte mientras eres niño es nuestra obligación y compromiso que cumplimos felices) Que tu felicidad dependa absolutamente de ti. Tú eres el responsable de proveértela y buscar los medios y tomar las decisiones que te lleven a encontrarla.

Lucía, no he dejado de llorar con todas las recomendaciones que le haces a tu hijo. No porque no me gusten, sino todo lo contrario. Me emocionan, pero también me recuerdan lo sola que estoy y lo sola que siempre fui. Cómo me hubiese gustado que mi mamá me dijera estas cosas, que me diera un abrazo y me enseñara a quererme, a cuidarme. Me habría evitado tanto dolor. Sé que mi mamá hizo lo mejor que pudo, pero siento que siempre estuvo mucho más preocupada de su trabajo y de ella misma. Todo tenía que ver con lo que a ella le pasaba, lo que ella sentía, lo que quería. Yo nunca me sentí una prioridad en su vida. Siento que fue mamá porque le tocó serlo. Quedó embarazada en medio de una pandemia y luego nací. Mi mamá no supo ser mamá. Todos los cuidados los delegaba. No me enseñó a lavarme los dientes, a bañarme, a leer. Nunca me leyó un libro ni me hizo dormir. Hace años la perdoné por todo su abandono, pero no deja de doler. Y te leo a ti con todos estos consejos para tu hijo, que a mí también me habría gustado leer o escuchar de mi mamá y me da mucha tristeza, porque la única persona más parecida a una madre que conocí, eres tú, y ya no estás.

...Contarte que descubrí que la felicidad sí puede ser permanente. Es una decisión. Que no tiene que ver con momentos alegres. Es un estado mucho más profundo y duradero. Yo decidí ser feliz hace años y pese a que he pasado momentos muy dolorosos y he sufrido mucho, puedo decir que igual decido ser feliz. Me enfoco en todo lo bueno que tiene mi vida y agradezco a Dios por tanta bendición. Se agradecido.

Ser agradecido es la clave, la llave que abre puertas. Si viene alguien a tu casa y le preparas un banquete y se va sin siquiera darte las gracias, ¿te van a quedar ganas de invitarlo nuevamente? o si alguien te pide dinero, lo toma, lo usa, y no te da las gracias, ¿le vas a prestar otra vez? Esto es lo mismo, mientras más agradecido seas con Dios, con las personas y con la vida, todos estarán más dispuestos a bendecirte y ayudarte.

Los problemas son parte de la vida mi amor y también son oportunidades para crecer, mejorar y ver otras perspectivas a las que antes del problema, no tenías acceso. A veces los problemas son puentes que nos llevan a lugares y situaciones donde está nuestro propósito de vida. Yo, como tu mamá, estaré siempre orando por ti, para que Dios te muestre tu propósito y para que te de las herramientas para realizarlo. Dios me puso a tu lado también como una herramienta para ti. Para ayudarte, aconsejarte y amarte hasta más allá del sol. Sabes que puedes contar conmigo todos los días de mi vida.

Estoy segura de que tú, como yo, en su momento vivirás tus propias luces y sombras. No te quedes pegado en el pasado, no sirve de mucho. Trata de perdonar y sigue adelante. No pierdas tiempo. El pasado no se puede cambiar, podemos aprender de él, pero debemos dejarlo atrás, perdonarnos y perdonar. Disfruta el presente mi amor, cada día es un regalo. A veces la vida se pone dura, no obstante, siempre hay regalos y bendiciones a diario. Abre bien los ojos para verlos y valorarlos. La lluvia, una mesa servida, una puesta de sol son milagros, no te pierdas de disfrutarlos y de ser consciente de ellos. No vivas del pasado, que ya pasó y muchas veces deprime, ni pensando en el futuro, que produce ansiedad. Cada día tiene su afán. Vive el presente, disfrútalo, con la responsabilidad de hacer un buen presente para el Daniel del futuro. Nunca te olvides de ti. Nadie puede cuidar mejor a Daniel que Daniel.

Te amo,

Mamá

***

Lucía, cómo no emocionarme. Amo leer estas cartas escritas a mano, en papeles amarillos que huelen a un poco a humedad y cenizas. Entiendo ese amor del que hablas. Nunca había amado tanto a alguien como amo a José. Siento que esta carta, aunque es para tu hijo, también siento que es para mí y atesoro tus palabras en mi corazón, aquí justo al medio de mi pecho. Quiero imaginar que puedo oler tu olor a jazmín y jabón, y junto con entrar tu olor en mis pulmones, también entran las palabras de esta carta y se me graban por dentro. Quizás tu hijo nunca llegue a leerlas. Mientras, te las pido prestadas, para que abriguen estos días de soledad, cansancio y tristeza. Gracias por este regalo que nunca fue para mí, pero que me apropio con todas mis fuerzas. Son hermosos consejos que solo una madre sabia sabe dar. Algún día le diré estas mismas palabras a mi hijo. Me apena no haberme despedido de mi mamá. La extraño mucho y te extraño mucho a ti también. Pese a que estás muerta, sigues ayudándome y dándome fuerzas. Como te quiero Lucía.

Quizás mi mamá no fue la que me habría gustado tener, la que yo necesitaba, pero tengo la oportunidad de ser la mamá que José necesita. No sé si tu hijo Daniel algún día llegue a leer esta carta, quizás ya la leyó, o es un resumen de lo que siempre le dijiste. Pero te puedo asegurar que la haré parte de mí y le enseñaré a José con tus palabras. Cada punto de tu carta y, sobre todo, a que cuide de él mismo.

La maternidad puede sacar lo mejor de nosotras y también desplegar todas nuestras sombras. Una buena mamá, es capaz de todo por sus hijos. Ser mamá te hace ser una súper mujer.

Desde que supe que sería mamá de a poco me fui convirtiendo en una mejor persona en todos los sentidos. Mi mente despejó rápidamente lo importante de lo que no lo era. Pude priorizar la vida de mi hijo y la mía. Me volví más precavida, organizada y mejor distribuidora de los recursos. Incorporé hábitos que le han dado estructura a nuestra vida, horarios y reglas, que nos hace sentir seguros. Pero por, sobre todo, he hecho todo lo posible para que mi hijo sea feliz y eso me ha obligado a que, pese a todo, yo también sea feliz. Porque tengo la responsabilidad de serlo, para mostrarle y darle el ejemplo de que se puede ser feliz en momentos de adversidad. Para enseñarle que puede lograrlo. Tengo momentos de tristeza y agobio, pero interiormente soy inmensamente feliz, tengo a mi hijo, agradezco e intento ser la mejor madre que José pueda tener.

Muchas veces he estado al borde del abismo, he querido desaparecer de la tierra o dormir eternamente. A veces José es tan intenso, que me gustaría irme sola por unos días. Después me calmo y vuelvo a mi centro, porque es la responsabilidad más hermosa que tengo.

Creo que viviste algo parecido, Lucía, y que, como yo, quizás tuviste que hacer muchas cosas por tu hijo. Incluso cosas que no querías y que ni en tus cartas y diarios te atreverías a confesar, todas la mujeres y mamás llevamos uno o varios secretos, sobre ellos también nos contamos historias a nosotras mismas para darle sentido a las decisiones que tomamos por amor.

Capítulo 9

Pinos

Me gusta tocarle la orejita antes de dormirme mientras me chupo los dedos. Mi mamá me dice que estoy cada día más grande y más hermoso. Me gusta mi mamá. Siempre me abraza, me da besos y me hace mucho cariño. Mi mamá me dice que tengo que dejar de hacer eso, que los dientes se me van a ir para adelante y que ya estoy muy grande para tocarle la orejita y chuparme los dedos. A mí no me lo parece.

A veces veo a mi mamá triste y no sé qué le pasa. La veo hablando con las flores del Jardín. Tiene una silla instalada y todas las tardes se sienta un rato y habla con las flores. Debe ser que extraña a mi papá y a toda su familia. Debió ser triste quedarse sola. Yo no sé qué haría si le pasara algo a mi mamita. Menos mal estamos los dos y nos queremos y cuidamos. Martín también es parte de nuestra familia y nos ama y nos cuida, aunque a veces se porta mal y se sacude dentro de la casa y deja todo lleno de pelos. Mi mamá lo reta y lo echa para afuera.

Mi mamá dice que soy muy inteligente y creativo, porque me gusta inventar historias y después se las cuento a mi mamá y hago dibujos de ellas. Mi favorita es la del conejo bebé, que no encuentra a su mamá y la busca en todas las madrigueras que encuentra, pero ella no está en ninguna. De vuelta a su casa, se pone a llorar por el camino y piensa que su mamá cayó en esas trampas que ella siempre le dice que se aleje. El pobre conejito está muy triste y se siente muy solo. Cuando llega a casa, su mamá coneja lo está esperando en la puerta con una zanahoria en la boca y él se pone muy feliz.

Me da pena cuando mi mami encuentra conejos en las trampas que les deja. Dice que ellos se roban los vegetales que plantamos y que, además, ellos nos aportan proteínas en nuestra dieta. No sé bien que significa eso, pero le creo porque ella me cuida mucho.

El otro día me sentí súper mal, hice llorar mucho a mi mamá. Prometí que nunca más haría algo así. Estábamos jugando a las vueltas. Mi mamá dice que es divertido y nos ayuda a estar en forma. Con un reloj contamos cuánto tiempo nos demoramos en dar una vuelta a la casa, después dos vueltas, después tres vueltas y así. Hasta que llegamos a 10.
Yo soy súper bueno en ese juego y cada vez lo hago en menos tiempo. Corro súper rápido.

Estaba corriendo tan rápido que quise ir más allá y esconderme de mi mamá por un rato, así que corrí mucho y lo más rápido que pude. Escuchaba a mi mamá llamarme a lo lejos y me daba risa que no pudiera encontrarme. Estaba escondido detrás de un pino grande con un gran tronco y en eso, vi un conejito hermoso, muy parecido al de mis dibujos. Pensé que estaba buscando a su mamá y lo seguí. No sé qué pasó, pero yo siempre supe dónde estaba mi casa y por dónde debía devolverme, pero me confundí y de pronto todos los árboles eran iguales. Ya no escuchaba la voz de mi mamá y me dio mucho miedo. Seguí caminando y empecé a llamar a mi mamá, pero nadie me contestaba. El conejito también se me perdió. Quizás ya estábamos los dos perdidos. Hacía frío y yo no estaba muy abrigado. Las nubes tapaban el cielo y los pinos y eucaliptos se veían todos iguales en medio del bosque otoñal.

De pronto, entre los árboles vi una casa, pensé que era mi casa, se parecía mucho, pero no lo era. También estaba pintada de verde oscuro y era de madera. No sabía que había más casas cerca de la mía, mi mamá siempre me dijo que solo nosotros vivíamos allí y que no había nadie más. Pensé que quizás era mi día de suerte y había otro niño para jugar. Me dio mucho miedo, pero no sabía qué más hacer. Así que golpeé la puerta.

Después del rato apareció un hombre alto y canoso detrás de la puerta, con una barba como de las películas de Santa Clos, una olla en la cabeza y un arma en la mano.

—Hola, soy José. Me perdí de mi casa, pero debo vivir cerca, o eso creo.

—¿Estás solo?
—Sí señor. Mucho gusto y le di la mano, tal como había visto en las películas, que los hombres al conocerse se daban la mano.

El viejo me miraba con extrañeza

—¿Por qué tienes una olla en la cabeza?

—Para que los robots no lean mis pensamientos.

—¿Los has visto? Mi mamá dice que son malos, que tenemos que tener mucho cuidado para que no nos encuentren, sino, nos matarán.

—¿Quién es tu mamá? ¿Dónde está? —preguntó insistente.

—Está en mi casa, pero me perdí. Pensé que tu casa era la mía, porque son casi iguales.

—¿Vives en la casa de madera verde que tiene muchas flores?

—Sí, esa es mi casa.

—Pasa, ¿Tienes hambre? —cambió abruptamente de tema.

—Mi mamá dice que siempre tengo hambre, ¿Qué vas a cocinar? ¿Vas a usar la olla de tu cabeza?

—No, tengo otras. Ponte esta olla en la cabeza tú también —y me pasó una olla pequeña para mi cabeza.
Su casa era muy extraña, la mía es mucho más bonita, pensé, pero no se lo dije para que no se sintiera mal. Tenía montones de ramas de pino dentro de la casa, le pregunté para qué tenía tantas ramas, si no le bastaba con el bosque de pinos que tenía afuera, se rio un poco y luego me dijo que era para el olor. Sus muebles estaban todos feos y manchados, Un sillón tan sucio, que pensé que, si me sentaba en ese lugar, quedaría más sucio de lo que ya estaba.

—¿Qué comeremos? —le pregunté

Por hoy, conejo, mañana tendremos un menú más especial, lo dijo con una pequeña sonrisa.

—Aún no sé tu nombre, ¿cómo te llamas?

—Juan.

—Muchas gracias, Juan, no me quedaré hasta mañana.

—Ya es tarde, es peligroso andar de noche en el bosque.

Mañana en la mañana iremos a tu casa y volverás con tu mamá.

—¿Tú me llevarás? —le pregunté casi como una petición

—Yo te llevaré.

—Muchas gracias, Juan.

Me di cuenta de que había entrado con zapatos a la casa. No es que la fuera a dejar más sucia, porque ya lo estaba, pero mi mamá siempre me enseñó a dejar los zapatos fuera de la casa. Así que me saqué los zapatos rápidamente y los dejé a la entrada, a un costado de la puerta, mientras Juan cocinaba el conejo.

Comimos. Yo esperé a que Juan diera las gracias por los alimentos, pero no dijo nada, solo bajó la cabeza y se puso a comer. Yo calladito dije:

—Gracias, Señor —y empecé a comer.

Juan no habló mucho, pero me dijo que yo hablaba demasiado. No creo que hable tanto. Solo le conté de martín, de mi mamá, de los cuentos que escribo, de cuando vamos a ver el mar y esas cosas. También le conté las películas que he visto y mis favoritas. Le conté que cuando era niño mi película favorita era la del auto rojo de carreras, pero que en realidad nunca había visto un auto y tenía demasiadas ganas de subirme a uno. Le pregunté si él había manejado algún auto alguna vez en la vida y me dijo que sí. Lo encontré increíble.

Mi mamá también manejaba antes. Me parece que debe ser de lo más complicado, pero mi mamá me dice que es fácil.

Terminamos de comer y me dijo que me fuera a acostar, me llevó a una habitación donde había una cama. Le pregunté si para dormir también debía usar la olla en mi cabeza y me dijo que sí. Me quedé acostado, pero tenía mucha tristeza, extrañaba mucho a mi mamá. Me puse a llorar, pero sin hacer ruido. No sé por qué había hecho esa estúpida broma y por qué había seguido al conejo. Por qué me alejé de la casa si siempre supe que eso era justamente lo que no debía hacer.

Creo que mi mamá mañana me va a castigar por mucho tiempo sin películas. Nunca antes me ha castigado, pero esta vez de todas maneras será mi primer castigo y la verdad es que me lo merezco. ¿Mi mamá seguirá en la casa o me habrá salido a buscar? ¿estará bien? Creo que va a estar tan enojada conmigo mañana cuando Juan me lleve a casa. Le voy a pedir perdón de rodillas y pasaré por el jardín de Lucía y sacaré una flor y se la llevaré, a ver si así me perdona más rápido. Lo bueno es que Juan me puede llevar de regreso a mi casa. Soy afortunado de haber encontrado esta casa y a Juan. Ahora podría seguir perdido en el bosque en medio de la noche.

Me dieron ganas de ir al baño y recordé lo que siempre me dice mi mamá, que debo ir al baño antes de dormir, pero no sabía cuál era el baño, así que me levanté no veía nada, estaba todo oscuro. A tientas fui a la puerta que estaba al fondo, y de camino vi algunos cuadros puestos en las paredes, pero no se veían bien de qué eran, sentí curiosidad por saber qué había en esas pinturas, o fotos. Quizás Juan era artista y estos eran sus cuadros, o eran sus fotografías que había tomado en lugares increíbles y muy lejanos.

Encontré una puerta y supuse que estaba en el lugar indicado, porque olía muy mal. Pensé que Juan no era bueno limpiando. Encendí la luz y vi que había una persona, un hombre muerto con la boca abierta y la cara desfigurada, tenía los ojos abiertos. Estaba tirado encima de un colchón con una colcha tapándole las piernas, o más bien la pierna, pues le faltaba una. Me quedé impresionado con lo que estaba viendo, no podía moverme ni hablar del miedo que sentí. De pronto respiré profundamente y di el grito más fuerte que había dado en la vida. Seguí gritando sin parar, no podía dejar de ver al muerto. Llegó Juan y me tapó la boca. Yo lo mordí y seguí gritando. Él me gritaba de vuelta que dejara de gritar. Lo último que escuché fue un gran ruido, que me llegaron a doler los oídos. Cuando desperté, estaba en medio del bosque, mi mamá me traía en brazos y le decía a martín, a casa, a casa, mientras jadeaba.

Mi mamá dice que me desmayé, que estaba en estado de shock. Juan no era una buena persona y menos mal que llegó mi mamá. Al otro día mi mamá no se quiso levantar, estuvo todo el día en cama llorando. Yo le pedí perdón mil veces, y me decía que me perdonaba y que nunca más volviera a hacer algo así, pero nada de eso la consolaba. No sabía que mi mamá tenía una escopeta en la casa. Me dijo que era solo para emergencias, y que esta había sido una emergencia.

Estuvimos todo el día abrazados, viendo películas. Yo le ofrecí hacerle el desayuno, pero me dijo que aún era muy pequeño y me podía quemar. Ella me preparó el desayuno y todas las comidas, pero siempre volvía a la cama y no comió nada en todo el día.

Yo me ofrecí para ir a sacar los huevos y hacer las labores diarias, pero me dijo que no hiciera nada, que nos quedaríamos dentro de la casa por este día y descansaríamos.

Han pasado los días y mi mamá está mejor, aunque a veces como que le viene algo y llora y me abraza fuerte. Yo la abrazo de vuelta y le digo que la amo. Mi mamá es mi héroe.

Capítulo 10

Pasionaria

Era un día hermoso y soleado. José me insistió en que fuéramos a mirar el mar. Lo hacemos cada cierto tiempo. Sé los riesgos que implica, pero de vez en cuando tomo el riesgo y nos aventamos corriendo por la colina hasta llegar a ver el mar desde la cima. Ese día iluminado corríamos y reíamos entre los pinos, el viento nos golpeaba en la cara con fuerza como si nos quisiera elevar. Llegamos a esa maravillosa vista y nos recostamos sobre la tierra café oscura llena de ramitas de pino que ya habían perdido su color verde, para transformarse en café y ayudar a abonar la tierra. Nos acostamos bajo el sol radiante y calentito, estábamos felices.

Nos quedamos largo rato tomando el sol, escuchando el mar y conversando. Hablamos de lo afortunados que somos, que, pese a que el mundo se cae a pedazos, nosotros tenemos donde vivir, tenemos comida, agua y hasta nuestro perro guardián. Ya llegará el día que toda esta masacre terminará y podremos ver gente, tener amigos, jugar en los parques, pasear por la orilla del mar y mojarnos los piecitos. La primavera había llegado al parecer, aunque creo que este año se adelantó, el jardín amaneció atiborrado de flores, de todos los colores, formas y José me preguntó por qué no podíamos ir a ver el mar y le tuve que explicar en palabras sencillas, que antes el mundo era más parecido a lo que él veía en las películas, pero que después de un tiempo, unos robots malos se apoderaron del mundo, igual que en la guerra de las galaxias, cuando los soldados blancos querían matar a los buenos y los buenos tuvieron que salir arrancando y esconderse. Esto era lo mismo.

Volvimos a casa riendo, gozando, admirando el hermoso Jardín que teníamos y dando gracias por estar vivos y juntos.

Entramos a casa y nos encontramos de frente con un hombre, de aproximadamente 30 años. Alto, muy delgado, con la mirada triste. Unos ojos café claros que brillaban y los decoraban unas tupidas pestañas oscuras, pelo largo hasta casi la cintura y una barba tupida casi como del mismo largo de su pelo. Me quedé de una pieza, pensé que desde donde estaba, no iba a alcanzar a correr y sacar la escopeta. Tomé a José y lo puse detrás de mí.

—¿Quién eres tú?, ¿dónde está mi mamá? —me preguntó

—¿Quién es tu mamá? —pregunté de vuelta.

—Lucía, la dueña de esta casa, ¿Quién eres? —insistió con determinación, pero con cierta curiosidad dulce en sus ojos.

En eso llega corriendo martín, entra a la casa y se abalanzó sobre el hombre, ladrando, aullando y saltando de felicidad. Él lo tomó en brazos como si tomara a un cachorro y lo acercó a su rostro para que lo lamiera mientras se reía. Martín parecía reconocer en él a un antiguo amigo. Entonces entendí que era el niño de las fotos, el destinatario de las cartas que escribía Lucía. Era Daniel, un hombre que, sin saber su historia más reciente, sentí conocerlo desde mucho antes.

-Daniel, te voy a explicar—le dije esperando que me interrumpiera, pero se sentó a escuchar atento. Le expliqué que había llegado hace años, cuando mi hijo, José, era un bebé.

—¿Es él?

—Sí

—¿Cuántos años tiene? —Me preguntó mirando a José.

— Ocho, respondió José-

—¿Cómo llegaron aquí? -

—Por el bosque-, respondí

—¿Mi mamá dónde está?

No supe qué responder, vi bondad en sus ojos e intenciones. Me quedé en silencio unos segundos que me parecieron días.
—Lo lamento Daniel, se ha ido.

Daniel dejó a martín en el suelo y sus ojos pasaron de estar rojos a llorar sin parar. Se quedó junto a martín en el piso mientras lloraba y lo abrazaba. José se abalanzó sobre Daniel y puso sus manitos sobre él, como si lo conociera de siempre, como si también pudiese compartir ese dolor.

—Lo lamento Daniel. Lucía siempre me habló de ti. Siempre estuvo muy orgullosa y te amaba tanto- le dije de corazón.

—Pero llegue tarde. ¿Qué le pasó? ¿Cómo fue? —me dijo levantando la mirada.

—Creo que fue un infarto. Un día desperté, vine a la cocina y ella estaba en el suelo y ya se había ido —inventé rápidamente, No podía contarle frente a José que había sido asesinada. Vi tanto dolor en él, que tampoco me pareció prudente hacerlo en ese momento.

—Al menos no murió asesinada por esas latas de mierda.

— Mira, no lo había pensado así. Su muerte fue muy fuerte para nosotros.

—¿Pudiste enterrarla?

—Sí, en el único lugar que a ella le habría gustado estar para siempre.

– Junto a sus flores.

—Junto en sus flores —repetí.

En silencio, los tres salimos a ver los plumeros azules y las dimorfotecas blancas, rosadas y fucsias. Las hortensias lucían como copos de nieves unas arriba de otras. Se movían con tanta suavidad y belleza, que de pronto nuestras lágrimas fueron secadas por el viento, la plenitud y paz que provocaba el jardín.

No puedo creer que el hijo de Lucía esté con nosotros. Las flores se mecían con el viento, como dándole la bienvenida a Daniel. Mostraban todos sus pétalos y colores más intensos que nunca. No había visto el Jardín tan esplendoroso y colorido nunca antes. El verde de los arbustos brillaba, como si estuviesen pintados a mano con esmaltes brillosos. Las alstromerias se lucían erguidas y competían con las armenias y los huilmos, para ver quién era más digna de competir con la belleza y el porte de los plumeros azules. Entre medio del jardín habían crecido dedales de oro, que se habían camuflado en sus etapas tempranas para no ser confundidos con maleza y ahora crecían salpicados por todas partes, inundando todo con su amarillo anaranjado.

Le preparé la habitación de su mamá con sábanas limpias, le pasé una toalla para que se diera un baño y le cociné un estofado, esta vez de pollo. Era una ocasión especial que ameritaba el sacrificio de una gallina en nuestro plato. Lo preparé con verduras, todas las que nos entregaba nuestra huerta. Zanahorias, acelgas, espinaca, zapallos, cebollas, tomates y le puse unas papas. Muy parecido a como lo hizo Lucía cuando llegamos a casa, pero ella lo hizo con un conejo. José lo acosaba con preguntas, tuve que decirle que ya habría tiempo de conversar, que ahora Daniel necesitaba descansar.

Daniel se bañó, se puso ropa limpia y se devoró todo lo que le serví en el plato. José miraba atónito de la forma en que Daniel engullía la comida. Él, le pidió disculpas por sus modales y le explicó que hacía días no comía. Después de esa tarde, Daniel estuvo encerrado en la pieza de su mamá, pasaron varios días que no se asomó. Yo solo me acercaba para dejarle comida y ropa, que encontré en las cajas que Lucía guardaba en la habitación del fondo.

Daniel debe ser buena persona, es hijo de su madre, no puede ser muy diferente. No obstante, debo decir que tengo miedo de que nos eche. Esta era la casa de su mamá y ahora es su casa. Nosotros somos los invitados, no los anfitriones, pero hemos vivido varios años aquí y esta cabaña se convirtió en nuestra casa, nuestro hogar. José no conoce nada más que esto, y este lugar es el que nos ha mantenido a salvo por tanto tiempo. ¿Tendré que hablar con Daniel para poder seguir viviendo aquí con José? ¿Qué planes tendrá? Tengo tantas preguntas e inquietudes, que no sé cómo abordarlas. Se que Daniel está sufriendo mucho viviendo el duelo de haber perdido a su mamá, pero y si además está pensando en cómo sacarnos de aquí. O si su depresión es tan grande que después quiera vivir solo. ¿Debería decirle que ahora es nuestra casa y que podemos compartirla? o ¿espero a que él me diga algo sobre el tema?

Confío en Lucía, en su bondad, su cariño, que tiene que haber traspasado a Daniel en su educación. Así como Lucía nos recibió años atrás, nosotros lo recibimos a él. Porque que yo sepa, los títulos de propiedad ya no son un tema importante cuando se está sobreviviendo.

A la semana siguiente, Daniel salió de su habitación. Se veía mejor, más recuperado. Pude notar que era más alto de lo que lo había visto en un comienzo, tenía unos brazos fuertes y si bien era delgado, tenía los músculos bien desarrollados. Tenía una cabellera larga y una barba sin cortar de meses, pese a eso, sus ojos café claros y brillantes, iluminaban su rostro. Me dio las gracias por todos los cuidados que le había dado y me pidió disculpas por no estar disponible durante tantos días. Me contó que su cuerpo necesitaba descansar, venía caminando hacía meses y la noticia de la muerte de su madre lo terminó por derrumbar.

—Tenía la esperanza de encontrarla con vida.

—Me imagino.

—Los únicos que están sobreviviendo en estos momentos, son los que permanecen escondidos en lugares como este.

—¿Dónde estuviste?

—En New York —respondió, pero luego me contó su vida durante la catástrofe. Lucía lo llamó días antes para advertirle que pasaría algo malo, que había tenido un sueño muy malo y que saliera inmediatamente de New York.

—Como en la familia ya sabíamos que mi mamá es media bruja —dijo en tono triste bajando la cabeza y se corrigió diciendo "era".

Entonces pensé, mejor salgo estos días, le doy en el gusto a mi mamá y aprovecho de visitar a unos amigos a las afueras de New York hacia el norte. Total, no perdía nada, no tenía mucho que hacer esos días en la ciudad y efectivamente las cosas ya estaban muy extrañas. Así que tomé el tren y partí a ver a mis amigos. Al otro día los robots se tomaron New York y comenzaron los asesinatos. Yo me salvé gracias a mi mamá.

Las comunicaciones eran muy complejas y me logré comunicar con ella a los días. Después partí inmediatamente a un aeropuerto cercano a Boston que quedaba a las afueras de la ciudad. Fue el único lugar que se me ocurrió ir en el que aún no llegaran los robots, estaban tan ocupados en la ciudad. Todo estaba detenido y nada funcionaba. Yo solo oraba por un vuelo internacional que viniera a Chile o al menos me acercara. Esperé en el aeropuerto durante días, hasta que finalmente salió un vuelo humanitario hacia Argentina, con puros tripulantes latinos que querían volver a casa y lo tomé.

Una vez estando en Buenos Aires, las máquinas lograron tomar el control de todo. Ahí fue la última vez que hablé con mi mamá. Ella me dijo que dejaría la ciudad y se vendría a la cabaña y me esperaría aquí. Yo le dije que no sabía cómo iba a lograrlo, pero también llegaría a la cabaña como fuera. Pero jamás me imaginé que me tomaría 8 años y que mi mamá ya no iba a estar.

Entendí que, si me quedaba en la ciudad, jamás llegaría a Chile y menos a la cabaña. Así que salí de Buenos Aires inmediatamente en un bus rumbo al sur. Fue ahí cuando llegaron las máquinas y en pleno camino al sur, hicieron parar el bus y asesinaron a casi todos los pasajeros. Mujeres, niños, abuelos. Fue espantoso. A mí, por una extraña razón, que no entendí en ese momento, me dejaron vivo y me tomaron prisionero, junto a otro pasajero. También hombre y de más o menos la misma edad. Me pusieron un chip en la muñeca y junto a otros prisioneros, nos llevaron a una especie de campo de concentración. Donde una vez al día nos tiraban comida y agua.

—¿Por qué los tenían ahí? ¿Qué hacían con ustedes?

—Nos tenían para estudiarnos. Una vez a la semana nos sacaban sangre y nos metían en unas máquinas para ver nuestros cerebros. Creo que nos estudiaban para definir si era conveniente exterminarnos a todos o dejar a algunos, que quizás les podríamos servir para algo más adelante. Eso es lo que yo creo, pero no lo sé. Estuve siete años en ese lugar. Muchos murieron ahí dentro. No sé cómo sobreviví.

—¿Cómo lograste escapar de algo así?

—Un día pasó algo muy extraordinario. Por alguna razón, las máquinas comenzaron a matarse entre ellas. No sé si fue una falla en sus sistemas o qué, pero se destruyeron entre ellas. Y muchos de los que estábamos presentes, vimos la oportunidad y escapamos. Apenas pude me quité el chip de la muñeca y me quedó esta cicatriz, me dijo mostrándola, estaba sobre la muñeca cerca del hueso puntiagudo del costado de la mano. No sé en qué lugar estaba, pero a lo lejos se veía unos pequeños cerros y pensé que esa debía ser la cordillera de los Andes. Caminé por días y meses. Me di cuenta de que debía ir más al sur para poder cruzarla, si no, moriría en el intento con tanta nieve y la altura. Comí todo lo que pillé en el camino. Encontré a un hombre, un anciano viviendo en la montaña. Se llamaba Pedro. Era una persona muy amable y me quedé en su casa varias semanas. Cuando me sentí mejor, seguí el viaje, hasta que logré cruzar la cordillera. Me encontré con varias casas desocupadas en el camino. Me quedaba algunos días y me alimentaba con los restos de alimentos que guardaron alguna vez las familias que allí vivieron. Fue así como avancé de una casa abandonada en otra, alimentándome, llevando alimentos y agua para el camino, ropa, hasta un saco de dormir.

Cuando llegué al mar, me vine hacia el norte. Sabía que de esa forma encontraría la cabaña. Conozco este bosque como la palma de mi mano. Mis papás construyeron esta casa cuando yo era un niño pequeño, y crecí viniendo fines de semana y vacaciones, viendo crecer estos pinos y eucaliptos. Sabía que, si venía bordeando la costa, eventualmente me encontraría con playa Lemu, con la cabaña y mi mamá.

—Ahora es tu turno ¿Cómo llegaste aquí?

—También es una larga historia Daniel. Tendremos tiempo. ¿Te gustaría que te corte el pelo y la barba? —me ofrecí, porque mientras me contaba su historia, me parecía que era un hombre fascinante escondido debajo de tanto pelo.

—Me gustaría demasiado —Se sonrió por primera vez, achinando los ojos y mostrando una hermosa sonrisa blanca, detrás de esa barba que abarcaba su cara como enredadera.

A medida que le iba cortando el pelo, iba apareciendo el hombre joven y apuesto del que tanto me había hablado Lucía. Daniel hablaba con los ojos. Todo lo que decía lo expresaba con sus ojos. Los abría o los cerraba dependiendo de la intensidad y el tema. Sus pestañas largas iban confirmando sus enunciados y su sonrisa funcionaba como puntos seguidos al finalizar sus frases. Daniel era un hombre amable y cálido. Siempre pedía las cosas por favor y daba las gracias. Era educado. Usaba los cubiertos perfectamente, no interrumpía al hablar y me hacía sentir importante, inteligente y astuta en todo lo que hacía o decía. Nunca me hacía sentir tonta o ignorante, se tomaba el tiempo de explicarme cuando algo no lo sabía y él sí. Retiraba los platos después de cenar y lavaba la loza. Siempre me abría la puerta y me daba el pase a mi primero. Era fuerte y rudo, había sobrevivido siete años a las cosas más espantosas. Pero también era caballeroso y delicado. Preocupado por los detalles y por nosotros. Siempre que iba a comer o tomar algo, preguntaba si alguien más le apetecía.

Le expliqué el funcionamiento de la casa, le conté cómo Lucía había mantenido todo y que yo solo había continuado lo que ella comenzó, con uno que otro cambio, pero que todo venía de ella.

Daniel rápidamente se sumó a las labores y me dijo que, de ahora en adelante, las tareas más pesadas serían su responsabilidad. Me dijo que había hecho un trabajo extraordinario todo este tiempo y que estaba feliz de vivir con nosotros. Sentí un alivio tan grande. Mi intuición me adelantaba que todo iba a salir bien, pero la duda carcomía mi cabeza. Daniel estaba cómodo con nosotros y nos adoptó, como también nosotros lo adoptamos a él.

Capítulo 11

Agapantos

Han pasado unos meses y José se lleva de maravilla con Daniel. Daniel encontró en una de las cajas de Lucía una pelota pinchada. Hay que decir que lucía era bastante acumuladora, pero gracias a eso, hoy tenemos montones de cosas que nadie podría pensar viviendo esta hecatombe.

Tomó la pelota, le abrió un pequeño agujero y la rellenó con trapos y ropa vieja. Todos los días, después de hacer las tareas de limpiar el gallinero, revisar las trampas para conejos y labores de la huerta, Daniel le enseña a jugar fútbol a José. Con un arco improvisado de piedras, al costado de la casa. Juegan a dominar la pelota a ver quién dura más con la pelota en el aire sin caer. José a veces se frustra y ya no quiere seguir jugando, pero se le pasa rápido y lo vuelve a intentar. José y martín están felices, yo también lo estoy. Nos hacía falta compañía.

El jardín de Lucía sigue Florido, igual que el día que llegó Daniel y ya han pasado tres meses. Creo que es Lucía que a través de sus flores nos está diciendo lo feliz que está con su hijo de vuelta en casa.

En las tardes, antes de cenar, José nos lee cuentos, ya comenzó a leer libros más largos. Daniel le recomienda algunos y José los lee, porque sabe que Daniel también los leyó cuando era niño. José le pregunta todo, de cómo era ese tiempo, a qué jugaba, qué hacía, qué países visitó y quiere saber todos los detalles posibles. José tiene una memoria increíble y recuerda todo lo que Daniel le cuenta. Se lo imagina y lo hace parte de su vida como si él mismo lo hubiese vivido.

José ya está grande y podría tener su habitación propia, pero sigue durmiendo conmigo. Yo no lo he sacado de mi cama aún, porque si bien él ya puede estar preparado hace mucho tiempo para dormir solo, la que no está preparada soy yo. Me da ansiedad terrible que esté en la habitación del lado. Afortunadamente, hasta el momento, nunca ha pasado nada y nos sentimos seguros, pero no me puedo confiar. No estoy preparada para que duerma lejos de mí aún.

Debo admitir que me dan un poco de celos que José quiera pasar tanto tiempo con Daniel. Él es una buena persona y se ha encariñado mucho con José, tal como lo hizo su madre. Pero antes yo era todo su mundo y anhelaba pasar todo el tiempo conmigo. Ahora prefiere hacer cosas con Daniel. El otro día lo invité a dibujar, pintar y terminar de escribir su nuevo cuento y me dijo que mejor más rato, que miraría una película con Daniel. Ya no le parece entretenido jugar a las vueltas con tiempo alrededor de la casa, prefiere jugar a la pelota. Yo le he preguntado a Daniel si está bien, que le puedo decir a José que haga otra cosa para que lo deje un rato en paz, pero Daniel se sonríe con los ojos y esa sonrisa luminosa y me dice que todo está bien, que él también lo pasa bien.

Daniel se ve bastante más recuperado, ha ganado peso y ya no tiene esas ojeras de ultratumba. El otro día sin querer le fui a preguntar si quería algo de desayunar y la puerta de su habitación estaba entreabierta. Sin querer lo vi salir con la toalla amarrada en la cintura y su torso desnudo. Me quedé viéndolo varios segundos y me fui a mi habitación temblando. Hacía años que no veía a un hombre con poca ropa y además en tan buena forma. Intenté tranquilizarme, respiré profundo varias veces y pasó. Cuando salí de la habitación y me encontré con él, no podía mirarlo a los ojos.

Me he sorprendido a mí misma mirándome en el espejo de mi baño, fijándome en las curvas de mi cuerpo, en mi estómago, mis piernas, mi cintura que aún se mantiene, la redondez de mis muslos. Hacía tiempo que no notaba mi cuerpo, que no me miraba. El rostro me ha cambiado, me veo más adulta, pero creo que sigo siendo guapa. Lo que más me gusta de mí, son mis ojos. Son grandes y expresivos, como dos aceitunas puestas de manera oportuna bajo unas cejas delineadas por la naturaleza.

La presencia de Daniel nos ha cambiado y nos ha cambiado para bien. José se divierte más, aprende mucho, hasta martín es más obediente y todas las noches, se va a dormir a los pies de la cama de Daniel. Eso me ha ayudado mucho a conciliar y tener mejor calidad de sueño, pues ya no tengo que mover a martín cada cierto rato para que deje de roncar con esos ronquidos que a veces siento que llegan a levantar la casa.

El otro día, después que José se durmió, me levanté por un vaso de agua a la cocina y me encontré con Daniel. Ahí estaba sentado en el sillón del living con su cuerpo estirado y su torso desnudo leyendo un libro. Pensé que no podía ser tan hermoso. Le pregunté qué leía, y me dijo que un libro que hacía tiempo había leído de un pastor argentino que hizo un libro con sus mejores prédicas. Le pregunté de qué iba y me empezó a contar. Daniel es cristiano, igual que su mamá. Me preguntó si creía en Dios y le dije que no sabía, pero que con Lucía había aprendido a dar las gracias por los alimentos y que estuviera sana y salva con mi hijo en esta cabaña, era un milagro. Le expliqué que no sabía si creía aún del todo, pero que Dios me había mostrado mucha bondad y misericordia.

-Yo sé perfectamente que Dios existe y que estoy vivo gracias a él. No hay otra explicación —me dijo. Siempre se ha dicho que hay que ver para creer, pero en cosas de fe, es al revés, es creer para ver.

Fue triste llegar y que mi mamá no estuviera, como te podrás dar cuenta, soy el hijo consentido de mi mamá. Hijo único y además siempre fui muy apegado a ella, pese a estar lejos, hablábamos todos los días. Ella siempre me apoyó en todas mis locuras, en todos mis planes y me alentaba a ir por más.

La extraño muchísimo y aún no me recupero de su ausencia. Pero me alegra que estés acá Sofía. Mi mamá hizo algo bueno antes de partir y me dejó de compañía a José, a martín y por supuesto a ti.

Yo no aguanté y rompí en llanto. Daniel se levantó del sillón rápidamente y me abrazó fuerte. Le dije que extrañaba mucho a Lucía y estaba muy agradecida de ella y de él. Daniel también lloró recordando a su mamá, y nos quedamos un rato abrazados, llorando. Se sintió tan lindo sentir sus brazos alrededor de mi cuerpo. Su cuerpo tibio, su olor a hombre. Lo apreté con fuerza. Tenía una tristeza profunda y una vez que saqué el llanto, después de varios minutos de estar abrazados, sentí que quería devorar su cuerpo. Quería perderme entre sus brazos y besar cada parte de su piel. Pero me resistí. Me alejé, tomé mi vaso de agua, le di las gracias y le dije buenas noches. Noté que me miraba de una forma distinta, sus ojos estaban más brillantes que nunca y después de su llanto, su respiración empezó a ser cada vez más fuerte, al igual que la mía. Daniel también me desea, es un hecho.

No me quiero enamorar. Eso podría estropearlo todo. Las relaciones en un comienzo son lindas, pero después, la experiencia me dice que se tornan problemáticas y comienzan a salir las verdaderas personalidades. Me gusta Daniel, pero creo que lo mejor es mantener la distancia, aunque no sé cuánto pueda resistirme.

Levantarme a buscar un vaso de agua por la noche después de hacer dormir a José, se volvió una costumbre. Solo para ver si me cruzaba con Daniel. Era un hecho, estaba perdidamente enamorada de él. Dejando a un lado su hermosura, Daniel es un hombre bueno, íntegro, con valores. El hombre que siempre quise y nunca creí merecer, ni antes ni ahora.

Se volvió una costumbre juntarnos a conversar de nuestras vidas y contarnos todo, bueno, casi todo. Le conté de mi vida anterior, de cómo salí escapando, de mis padres, la soledad que sentí en mi infancia. Le conté también del día que se perdió José y lo rescaté de las manos de ese loco, que tuvo que ser él quien asesinó de Lucía. Le conté todo, menos de cómo encontré a Lucía con un cuchillo clavado en el pecho desangrándose. De qué le serviría esa información, solo le provocaría más dolor y no quiero que sufra.

Nuestras conversaciones nocturnas eran lo que más me gustaba del día. Reíamos, llorábamos, a veces ambas cosas y llorábamos de la risa y teníamos que taparnos la boca para no despertar a José. Imaginábamos situaciones, que nos íbamos de viaje, que teníamos una linda casa en la ciudad y salíamos a cenar a un restaurante, muy bien vestidos y por supuesto, tomábamos champaña, en aquella ciudad de antes y que ya no existe, pero que para la imaginación nada es imposible.

Daniel me contó cómo había sido ser hijo único, con un papá que viajaba todo el tiempo y una mamá que lo sobre protegía. Lucía había sido buena, aunque a veces en su intento de cuidarlo y mimarlo, terminaba por acosarlo. Bernardo, trataba de compensar sus ausencias diciéndole a todo que sí, sin escatimar en gastos. La separación de sus padres fue un golpe duro para Daniel, pero como estaba tan acostumbrado a que Bernardo no estuviera en casa, no fue tan radical el cambio, lo que volvió aún más triste la situación

Daniel admirada mucho a su padre, siempre hablaba de lo inteligente que era y lo mucho que todos lo admiraban por su trabajo y sus conocimientos. Aunque siempre hacía mención a su carácter, a sus enojos recurrentes y lo explosivo e hiriente en sus cometarios, a lo incómodos que todos se sentían en la casa junto a él después de pocos días. Pero sin duda, se sentía una persona privilegiada de haber tenido unos padres como Lucía y Bernardo que, como todos, no fueron perfectos.

La vida pasaba y los días eran hermosos. El mundo se caía a pedazos, pero nosotros teníamos nuestro propio mundo. Sin querer, sin planificarlo ni pensarlo, nos convertimos en una familia. Increíblemente, tenía todo lo que alguna vez le pedí a la vida, una familia, un perro y una casa cerca del mar. Si bien quizás Dios no existe, tiene unas maneras extrañas de mostrarme su bondad.

Un día, después de conversar de mi vida, de su vida y de José, se levantó del sillón y me extendió su mano.
-Ya es hora —me dijo.
No tuvo que explicarme nada y tampoco se lo pedí. Tomé su mano y nos fuimos a su habitación. Nos amamos con

desesperación, con ternura, con fuerza y con locura. Nos llenamos de besos por todos esos besos que nos faltaron en años. Nos besamos por todos los que habían partido, por la masacre, por el mundo y por todos estos años de sufrimiento y soledad. Besé cada rincón de su cuerpo, tal como lo había imaginado mil veces y él me besó hasta mi espíritu. La realidad superó cualquier idea preconcebida. Su cuerpo era amable, flexible y sabía a almendras.

Sus ojos brillantes comenzaron a iluminar la mayoría de mis noches, mi vida y mi alma. Estoy enamorándome perdidamente de un hombre maravilloso y Daniel se está enamorando de mí.

Capítulo 12

Armenias

Los días se han transformado en una rutina encantadora. Me despierto con ganas de abrir las cortinas y ver el sol. Cuando está nublado, incluso así me parecen encantadores los días. José está feliz, no sabe de nuestro amor, pero esta nube amorosa también lo envuelve. Está aprendiendo tantas cosas. Ya sabe sumar, restar, multiplicar y dividir. Daniel lo ha motivado a aprender más y su lectura avanza rápidamente. Todo en la casa fluye, las labores diarias se han hecho más livianas con la ayuda de Daniel. También cocina y nos turnamos. Eso fue idea de él, me dijo que le gustaba cocinar y además le quedaba sabroso, como es él, pensé.

No puedo vivir sin él. Daniel y José son mi familia, no puedo herir a Daniel contándole la forma que murió su mamá, pero me pesa no decírselo. No me gusta mentir u ocultar cosas. Tendré que vivir con la culpa de callar este secreto y ser inmensamente feliz arrastrando esta culpa que me fulmina.

Hoy la mitad del jardín amaneció seco. Mirando la casa, como si hubiesen puesto una delimitación perfecta, la mitad

155

derecha estaba llena de flores, de todos los colores, dimorfotecas rosas, moradas, blancas, se erguían orgullosos los huilmos y los azulillos. Todo florido formando una real fiesta de colores en perfecta armonía.

En cambio, el lado izquierdo del jardín estaba seco, café, sin vida, ni una pisca de color ni de flores. Como si hubiese pasado la muerte por encima de ellos y se hubiese llevado toda su sabia. Cuando lo vi, me quedé en silencio unos minutos y luego caí de rodillas y me puse a llorar desconsoladamente. José me vio y vino corriendo a abrazarme, no sabía qué me pasaba y preocupado, fue a buscar a Daniel rápidamente. Daniel llegó y me abrazó. Me dijo que sabía lo importante que era ese jardín para mí y para su madre, pero que lo arreglaríamos. Que seguramente los conejos se habían comido sus raíces, pero que con paciencia lo arreglaríamos y volvería a ser el de antes. Yo solo lloraba desconsoladamente en sus brazos, sin poder explicarle que creía que ese era un mensaje de Lucía, pero no entendía bien qué me quería decir. Acaso quería que le contara las circunstancias de su muerte, o no estaba de acuerdo con nuestro amor. No lo sé.

Daniel anda extraño, pensativo. A veces le hablo y es como si estuviera en otro planeta. No me responde. Algo ocupa su cabeza. Quizás sospecha que le oculto algo, extraña a su mamá o ya no está tan cómodo conmigo. No sé qué pensar. Nuestros momentos por la noche comenzaron a disminuir, se excusa que está cansado y prefiere dormir solo. La duda me está carcomiendo. ¿Sospecha algo? ¿Ya no estará tan a gusto con nosotros? No puedo vivir con esta incertidumbre. Puedo vivir con no contarle la verdad completamente sobre el fallecimiento de su madre, pero no con la incertidumbre de saber qué le pasa.

Me alejé y le di su espacio por tres largos días. No salí de mi habitación por las noches luego de que José se durmiera. Me quedé leyendo para matar el tiempo. Tampoco podía dormir con esos nudos en el estómago carcomiéndome las entrañas y los mil pensamientos que me daban vueltas. ¿Dije algo inoportuno? ¿intuye algo sobre cómo murió Lucía? ¿estará harto de José y sus preguntas? ¿Se dio cuenta de que ya no me quiere? Ya no puedo más.

A la cuarta noche con el pecho apretado y de deambular como zombi por la casa durante el día, una vez que se durmió José, Toqué su puerta y entré sin esperar una respuesta.

—Daniel, ¿me puedes decir qué está pasando por favor?, si ya no quieres esto, por favor dímelo. Si te incomodamos, dímelo. Si te sientes sofocado, dime para ver qué puedo hacer y solucionarlo, pero tu indiferencia y tu lejanía me están matando —y me puse a llorar.

Daniel estaba de rodillas al lado de la cama con la biblia de Lucía en la mano y usaba la cama como atril. Me miró sorprendido, hizo un gesto como de reverencia con los ojos cerrados y dijo amén. Luego se levantó y me dijo que me acercara y me sentara en la cama.

—Sofía, te he contado mucho de mi vida y me encanta estar contigo, pero no te he contado todo y eso me tiene mal. Porque después que realmente me conozcas, no sé si quieras estar con alguien como yo.

—Daniel, te amo. Llegaste a darle luz a mi vida, eres todo lo que siempre quise y me cuesta creer que algo me aleje de ti.

—Es que no me conoces Sofía, tuve que hacer algunas cosas terribles para llegar hasta acá.

Pensé que él tampoco me conocía, no del todo.

—Daniel, estamos sobreviviendo al mayor exterminio en la historia de la humanidad, creo que todos hemos hecho cosas de las que no nos sentimos orgullosos —dije eso porque lo sentía, pero también sentí temor. ¿Y si una vez más me había equivocado liándome con el hombre inadecuado? ¿y si no era tan bueno como yo creía, si todo era una ilusión que por soledad me había montado en mi cabeza, y en realidad era un hombre deleznable y malo?

—Sabes Sofía, no sé si mi mamá te habló de esto. Los que creemos en Jesús, hemos aprendido una cosa, somos cristianos no porque seamos perfectos, sino que somos cristianos porque sabemos que cometemos errores y necesitamos de la ayuda de Dios para ser mejores. La perfección no existe fuera de Dios. Dios envió a Jesús, el hijo de Dios a morir como sacrificio para liberarnos de nuestros pecados. Ese fue el precio que debió pagar, para que, si creyéramos en él, fuésemos salvos. Yo sé que tú no estás tan convencida de que todo esto existe y yo no puedo demostrarte lo que te estoy diciendo, solo lo creo. No obstante, yo que creo en Jesús y sabiendo que él ya me perdonó, no dejo de sentirme culpable. Lo abracé fuerte. ¿Será que mi pecado también podría ser perdonado? ¿funcionará esto para todos? —pensé.

—Daniel, estoy aquí para apoyarte. Si no me quieres contar, lo respeto y también estaré aquí para ti —dije eso sin sentirlo de verdad.
Necesitaba que me contara qué había hecho prontamente, no iba a exponer a mi hijo a un loco y quizás que otras cosas.

—Tengo miedo de que después de que lo sepas, todo cambie.
—No sé qué será y no sé si puedo prometerte eso, pero te amo y creo que el amor consiste en eso, en aceptar las luces y las sombras del otro —lo dije con el afán de que se abriera y me contara de una vez por todas su gran pecado.

Daniel respiró profundo, me tomó las manos. Noté que tenía las manos sudorosas y una expresión de profunda tristeza y trataba de articular palabras, que terminaban en ruidos irreconocibles y gemidos. Acaricié sus manos callosas y agrietadas y las besé. Luego lo abracé con fuerza y puse su cabeza sobre mi pecho, que sintiera como mi amor y mi cuerpo pequeño, cobija su extenso cuerpo tendido sobre mí. Pensé que quizás era mejor no saber de sus pecados y que siguiera todo como antes. No estaba preparada para dejar de amarlo. Pero mi responsabilidad de madre fue más fuerte y escuché con atención y un nudo en el estómago que fue imposible de soltar.

—Sofía, soy un asesino —hizo una pausa mirándome fijamente a los ojos, como esperando ver mi reacción, luego continuó con su historia.

Cuando venía arrancando por el sur, un día me encontré con una pequeña casa de piedra y madera, muy modesta. Había una mujer viviendo allí con su hijo pequeño de unos 2 años. Ella me dejó dormir en un granero afuera de su casa por unos días. Un día, pasó un dron sobrevolando la zona y el niño que estaba afuera en la puerta de su casa, no dejaba de llorar. Cuando lo vi, lo fui a buscar rápidamente, lo tomé en brazos y lo metí al granero que estaba junto a la casa, meciendo y diciéndole que todo estaría bien, para que guardara silencio. Su mamá estaba dentro de la casa y no sabía que estaba ocurriendo afuera. Lo mecí todo el tiempo, pero nada funcionó. Así que le tapé la boca para evitar que gritara. Yo estaba temblando y le pedía a Dios que el dron no nos encontrara. En eso su mamá salió afuera buscando al niño y el dron la captó y le disparó en la cabeza. Vi caer su cuerpo con su vestido azul al viento y su cara destrozada. Yo me escondí con el niño bajo un montón de paja, y estiércol y el dron no nos pudo identificar. Cuando el dron se fue, el niño ya no respiraba. Intenté reanimarlo, muchas veces, pero nada funcionó. ¡Lo maté, Sofía, lo maté! y se puso a llorar con un llanto estrepitoso, que le salía de los pulmones y saliva por la boca.

Lo abracé fuerte y lloré con él. Lloré por ese niño, lloré por esa madre, lloré por Daniel, por el terrible accidente y también lloré por mí, imaginándome con José en esa misma situación. No supe qué decir. Solo lo abracé fuerte y lloramos juntos hasta quedarnos dormidos.

En la mañana Daniel me dio las gracias y me abrazó fuerte. Me dijo que se sentía mucho mejor después de haberme contado y me agradeció que lo acompañara sin juzgarlo. Que esperaba que las cosas no cambiaran entre nosotros y me dijo algo que me dejó temblando.

—Sofía, la mayoría de las personas tenemos historias tristes que contar. Todos estamos rotos. Yo sé que tú también estás rota. No importa lo roto que estemos, sino lo que hacemos con eso. Sé que en tu momento estarás lista para contarme de tus pedazos.

Me dejó impávida. Salí de la habitación con la excusa de ir a ver si José ya estaba despierto. Creo que Daniel sabe o intuye que le oculto algo. Es tan brujo como su madre, pero yo me llevaré el secreto a la tumba, aunque viva rota.

Daniel de a poco está volviendo a ser el de antes. Me confesó que cuando estaba en momentos de tristeza, debía aislarse y bajar hasta lo más profundo, quedarse un tiempo en ese lugar de sufrimiento y espanto y después impulsarse con toda la fuerza para salir de ese estado. Lo encontré tan maduro y responsable que podía conocerse y saber justamente lo que necesitaba en los días malos. Me dieron ganas de cobijarlo y cuidarlo por el resto de mi vida, cuando tuviera sus días malos y bajara a encontrarse con él mismo, yo estaría esperándolo en la superficie para abrazarlo a su regreso cada vez que tuviera que ir.

Capítulo 13

Huilmos

4 de julio, Playa Lemu

Te extraño tanto Daniel, hijo mío. No puedo seguir con esta incertidumbre de saber dónde estás, cómo estás, ¿seguirás con vida? ¿Volveré a verte?

Los días pasan cada día más lentos y mis huesos están cada día peor. Solo espero que Dios me dé la vida suficiente para mirarte otra vez y saber que estás bien. Pasan y pasan los días y me da pánico creer que es posible que hayas dejado este mundo. Afortunadamente, cuando ya no doy más de tristeza, oro y me refugio en Dios. Me arrodillo al lado de mi cama y le entrego esta congoja. Eso me ayuda mucho. Mi corazón me dice que estás vivo y que un día volverás.

El otro día tuve un sueño extraño, soñé contigo hijo, te vi corriendo por la playa a la orilla del mar y yo estaba detrás. Podía ver tu espalda. Corrías y saltabas con tanta alegría. Te vi feliz, dichoso, pude ver las colinas de pinos a un lado y el mar revuelto, azul y verde por el otro. Así que supongo era cerca de

163

nuestra cabaña. Detrás de ti corría una mujer joven de pelo largo y llevaba de la mano un niño como de unos ocho o nueve años. Todos saltaban y estaban felices, como si estuvieran celebrando algo. Yo corría detrás de todos y también estaba muy feliz, pero cuando miraba atrás, no se veían mis huellas en la arena. Me pareció tan extraño. ¿Quiénes eran las otras personas? ¿Será tu familia futura? ¿Te casarás, tendrás un hijo? ¿Podré verte con familia y feliz alguna vez en este mundo que se cae a pedazos?

Repaso en mi mente y recuerdo tu rostro de bebé, de niño, de adolescente y ahora de adulto. No quiero olvidar los detalles de tus ojos tupidos con esas pestañas largas de ensueño. Esa margarita solitaria solo a un lado de tu cara y esa sonrisa que ilumina. Tienes los ojos más hermosos que haya visto, sé que eres mi hijo y las madres, vemos a los hijos como lo más hermoso de la tierra, pero sinceramente, yo creo que tengo razón. Tus ojos brillan y si tú no pudieras hablar, ellos hablarían por ti. Temo olvidar detalles de ti, de tu vida, de tu historia. Así como de la mía. Siento que la memoria me está fallando. No estoy tan vieja, pero siento que mi memoria no es la misma y comienza a vagar en unos espacios nebulosos que no comprendo. Tengo miedo de olvidar quién soy. A veces pierdo la cuenta del día en el que estoy y me confundo con los años.

Le estoy pidiendo a Dios que vuelvas pronto y que te cuide donde quiera que estés, necesito saber que estás bien. Te extraño tanto y esta soledad perpetua, me está haciendo mal.

Daniel, creo que escribirte me hace bien. De alguna forma tu presencia me acompaña en estos momentos de tanta soledad. Yo sé que aún vives. Escribirte es la forma que encontré de conversar contigo y de aquietar estos pensamientos y sentimientos que a veces me embargan. Son sentimientos de dolor por no saber de ti. Estoy sola y a veces no le encuentro mucho sentido a todo esto que estamos viviendo, mi gran motivación para seguir en este mundo eres tú. Escribirte me permite recordarte y tratar de anclarme a una realidad que cada vez me es más esquiva. A veces no sé si estoy despierta o estoy soñando. Todos los días son iguales y no sé si algunas cosas las hice hoy, ayer o antes de ayer. El otro día fui al gallinero y me di cuenta de que había más huevos de lo normal. Eso quiere decir que ayer me olvidé de recoger los huevos. Te extraño mucho hijo, me hace falta tu compañía.

2 de agosto, Playa Lemu

Daniel, hoy nuevamente tuve un sueño extraño, varios en realidad. Vi un bebé en medio del bosque llorando. Yo lo tomaba, lo envolvía con mi chaleco y lo traía a casa. En un comienzo pensé que eras tú, pero luego miré al bebé y era otro niño, un niño que no conocía. Él me sonreía y se quedaba tranquilo. Después seguí durmiendo y vi una silueta de una mujer, yo la abrazaba como si la conociera. Fue muy raro porque ella tenía la mitad del cuerpo normal, con su piel blanca, como cualquier chica, pero la otra mitad, que era dividida por su nariz entre el lado derecho y el izquierdo, era completamente rojo oscuro, como si estuviera cubierta de sangre o le pudiera ver la sangre que tenía adentro. Desperté asustada, pero después seguí durmiendo.

24 de agosto, Playa Lemu

Hijo mío, no me vas a creer lo que pasó. Tenemos invitados en casa. Una mujer joven con su hijo bebé. Ella se llama Sofía y el niño José. La pobre llegó en unas condiciones paupérrimas. No sé cómo está viva esa mujer y cómo mantuvo a su bebé con vida. Debe ser una mujer fuerte y valiente. Martín los trajo. Sofía me dijo que lo había seguido.

Estoy contenta de que estén acá. Les pasé una habitación para que se acomodaran. No sé si estarán de paso o van a querer quedarse. Hemos conversado poco. Pero me alegra tenerlos en casa. Hoy solo te escribiré esto, porque estoy bastante ocupada cocinando y haciendo cosas para que se instalen y se sientan cómodos. Ya te iré contando más.

3 de septiembre, Playa Lemu

Daniel, mi corazón, es agradable tener compañía en casa. Acá te estamos esperando, sobreviviendo al fin del mundo con José y Sofía. Quizás este era el apocalipsis que nos hablaba la biblia, no lo sé, pero si no es, se parece bastante. Los invitados están más recuperados. Sofía me ayuda con las cosas de la casa, la huerta y todo lo demás. Me trae a la cama un café todas las mañanas. Es muy amable y comienzo a quererla.

José es un bebé delicioso y muy despierto. Quiero que llegues pronto y los conozcas. Creo que te van a caer bien. Sofía es buena persona.

20 de septiembre, playa Lemu

Bernardo,

Hoy Sofía me preguntó por ti y cómo había sido nuestra vida. Sofía es una chica joven que recibí en nuestra casa en playa Lemu. Tiene un hijo pequeño. Es un poco tímida, pero es encantadora y muy amable. La pobre llegó en los huesos y el niño también. El pequeño me ha hecho recordar a nuestro Daniel cuando era un bebé. Qué suerte que tuvimos en tenerlo, tú desde el cielo, seguro piensas que Daniel es una súper buena persona, pero que yo exagero con que es lo máximo en la tierra.

Preferí eludir y no hablar de ti. Han pasado tantos años, desde nuestra separación y después desde tu muerte, que me siento tonta sintiendo esto. Pero debo decir que me sigue hirviendo la sangre cuando pienso en los remedios para el dolor de útero que encontré en la cocina del departamento de Nueva York y que yo no compré y esa estúpida patilla de una planta desconocida, en un vaso junto a la ventana de la cocina. Cada vez que la veía sabía que una tercera persona la regaba constantemente, los dos sabemos que a ti se te mueren hasta los cactus. Ese fue el principio del fin, luego negaste todo, se te trabó la lengua para explicar que era un regalo de la esposa de un colega cuando habías ido a almorzar a su casa, que las pastillas eran mías y yo era la que no se acordaba.

No sé si es rencor lo que aún siento, pero el recordar el desgarro de una traición continúa siendo doloroso. Es triste que nuestros últimos capítulos juntos terminaran de esa forma.

Capítulo 14

Azulillos

He estado muy enferma, sin ganas de nada. Me duele mucho la garganta y cuando trago, pareciera que tragara vidrio. Siento el cuerpo inflamado. Los hombros, las manos, las caderas, los pies. Pareciera tener pequeñas agujas que pinchan todo el tiempo sin darme tregua. Duermo casi todo el día. Daniel y José me han cuidado mucho. He tenido mucha fiebre, se pasan las horas como si nada, a veces no entiendo si es de día o de noche, no dejo que me abran esas cortinas azules oscuras que no dejan entrar la luminosidad, con la luz me duele más la cabeza. A veces me cuesta respirar, tengo mucha tos, como si se me cerrara la garganta. El aire frío me ayuda. Daniel abre las ventanas para que entre aire. Después le pido que vuelva a cerrar esas cortinas y vuelvo a caer en la nebulosa de si es de día o de noche.

Perdí la cuenta de los días que llevo así. A veces abro los ojos y me encuentro con José mirándome con cara de preocupación, me acaricia el pelo y me vuelvo a dormir. En mis momentos de cordura le he pedido que no se acerque mucho por si mi enfermedad llegara a ser contagiosa, pero no me hace caso.

En otras, abro los ojos, y me encuentro con Daniel cambiándome los paños de la cabeza que algún día fueron blancos. Me da tranquilidad abrir los ojos y saber que Daniel está a cargo. Nunca nadie me había mirado como me mira él, cuando lo hace se sonríe y le brillan los ojos. Me trata con suavidad y cuidado. Me dice que no me preocupe, que todo estará bien, que ya me voy a mejorar.

José sigue siendo el motor de mi vida. Por él he sobrevivido todo este tiempo y he sacado fuerzas desde donde ya no había nada más que dar. No imagino mi vida sin él y no puedo imaginar la vida de él sin la mía, por lo menos mientras es un niño. Todo lo que he hecho ha sido para sobrevivir e intentar darle un hogar en medio de esta debacle que no sé aún cuánto va a durar. Estos días me di cuenta de que llevaba años sin enfermarme. Quizás mi cuerpo por fin se relajó y se tomó un respiro, ahora que Daniel está con nosotros y puede encargarse de las cosas. Estoy exhausta, estoy agradecida de haber llegado hasta acá, pero también estoy cansada.

A veces abro los ojos y me encuentro con José mirándome, con amor y preocupación. Ya es un niño, cambió la mayoría de los dientes, su cara se alargó y su cuerpo es sano y fuerte. Sigue teniendo la sonrisa más hermosa del mundo, pero ya no es un bebé, tiene vellos en sus piernas, sus brazos, y rasgos de un pequeño jovencito. Le gusta peinarse hacia atrás y dejar algunos mechones de pelo más elevados, de su hermosa cabellera castaño claro. Tengo la sensación de que los años se han pasado demasiado rápido y demasiado lento al mismo tiempo.

Estar en cama es horrible, pero dentro de todo este dolor, sentirme querida y cuidada ha sido un regalo. Poder cerrar los ojos, dormir y sentir que todo estará bien, es una de las cosas más lindas que me han pasado en este tiempo en la cabaña. Poder delegar la responsabilidad y no preocuparme por nada más que recuperarme. Creo que no solo me he ido sanando físicamente, sino un trozo de mi corazón que creía olvidado.

He soñado mucho con Javier y ya no siento rabia y tristeza. Ni esa nostalgia de que no fue lo que quería que fuera. Creo que poco a poco su imagen y el recuerdo de sus manos alrededor de mi cuello y sus ojos desorbitados tratando de dañarme se han ido desvaneciendo y hasta siento lástima por él. Era un hombre enfermo y tuvo un final terrible. Pese a todo su maltrato, me regaló a José y de eso estaré eternamente agradecida. Ya no deseo que estés en el infierno, creo que vivir siendo él, pudo haber sido su propio infierno. Preferiría que estuviera en el cielo, si es que existe, y que su alma haya alcanzado la paz.

—Te perdono y espero alejar todos esos malos recuerdos de mi mente y de mis pesadillas —dije al aire y no me importó que no hubiese respuesta, entonces me di cuenta de que le estaba hablando a alguien más.

Lucía,

He soñado tanto contigo. A veces son cosas que no entiendo y me asusto. El otro día te soñé tumbada en la tina, traías puesta la bata celeste y estaba manchada con el rojo oscuro de tu sangre. Al acercarme tu cuerpo estaba inerte y el color albino de tu piel, tus labios pálidos color nácar. De pronto abrías los ojos y me mirabas con rabia y desprecio. No decías nada, pero tu mirada era aterradora. No entendí por qué me mirabas así, fue una pesadilla estúpida. Estoy cansada de las pesadillas y esas imágenes que ni siquiera deseo reproducir contándote. Creo que es la fiebre.

Te recuerdo en todo momento. Al usar tu ropa, al ver tus flores, los adornos de tu casa y tus películas favoritas. Recuerdo cuando disfrutabas viendo una y otra vez la película de la escritora de edad madura, escribiendo frente al mar y enamorándose del novio de la hija. Recuerdo tus carcajadas y cómo gozabas cada escena, igual que un niño.

La forma en que ríe Daniel, a boca abierta y carcajada amplia y escandalosa, me llevan a esos días de películas y series sentados los tres en la cama con colchas, cojines y zanahorias, como si tuviéramos un gran cine y un envase gigante repleto de pop corn, como se hacía en tus tiempos. Miro a Daniel y veo tus ojos brillosos llenos de bondad y amor. Daniel es tan parecido a ti.

Te extraño Lucía y te he recordado tanto estos días. Cuando veo a Daniel traerme comida, ropa limpia, recuerdo cuando recién llegué a tu casa. Yo venía sucia, hambrienta, destrozada por dentro y por fuera. Me recogiste con tanto cariño y misericordia. Quisiste a José como a un hijo, o más bien un nieto. Me gusta recordarte Lucía, siento que estás cerca.

***

—Sofía, me estás asustando. ¿Qué pasa?

—¿Qué pasa con qué?

—Con lo que acabas de decir.

—¿Qué dije? creo que estaba soñando.

—Acabas de decir que le clavaste un cuchillo a mi mamá en el pecho y que cayó al suelo y la sangre comenzó a cubrirlo todo.

—¿Qué? ¿de qué me estás hablando?

De pronto me vi en la cocina y fue como si todo fuera una actuación. Ese día en la mañana fue raro. Ella estaba diferente, dijo algunas cosas que no entendí, pero preferí no preguntar para no incomodarla. Lucía a veces decía cosas raras, pero yo no sabía si estaba hablando sola o me hablaba a mí. Así que me hacía la que no había escuchado. El plato de lentejas que compartimos entre los tres a la hora del almuerzo, lo comimos en silencio. Lucía dio las gracias por los alimentos y no habló más, parecía un poco malhumorada. No quise preguntar y traté de que José hiciera el menor ruido posible. No es fácil enseñarle a un niño tan pequeño a estar callado, pero José creo que tiene un instinto muy desarrollado, que sabía cuándo tenía que quedarse calladito. Gracias a eso en parte estamos vivos.

Fuera de eso el día transcurrió normal, nada fuera de lo común. Por la noche acosté a José y lo hice dormir.

—¿Quién eres tú? ¿Qué haces con mi ropa? —me preguntó amenazante como si yo acabara de entrar a su casa.

De un minuto a otro se abalanzó sobre mí apuntándome con la escopeta.

—Lucía, tú me diste esta ropa.

—¡No te conozco! ¡Sal de mi casa, ahora!

—Soy yo, Sofía. Me invitaste a vivir a tu casa. Nos has ayudado tanto.

—No te conozco, ¡eres una de ellos! —me gritó y José empezó a llorar desde el dormitorio en que dormíamos.

Intenté hacerle entender varias veces, pero su mirada estaba perdida. Parecía ser otra persona. Tenía el entrecejo marcado con cruces que se unían a las arrugas de su frente.

—Por favor baja el arma Lucía, no vayas a disparar, si disparas nos van a encontrar fácilmente —le supliqué.

Después de algunos minutos, entendí que Lucía no iba a escuchar ni a entender. Era cosa de segundos que apretaría el gatillo, yo estaría muerta, nos encontrarían y mi hijo, junto con Lucía, serían historia. Tomé un cuchillo de cerámica que estaba sobre la cocina, grande, color púrpura. Y en un abrir y cerrar de ojos, con una mano había levantado la escopeta y con la otra se lo había clavado en el medio del pecho. Sentí cómo el cuchillo entró en su cuerpo y rompió carne, huesos. Ese mismo cuerpo que me había abrazado y dado la bienvenida, sucumbía bajo mi brazo. Vi sus ojos hacer un movimiento hacia arriba. Saqué el arma de su mano y la acosté sobre el suelo de la cocina. El cuchillo seguía clavado en su pecho. Su bata celeste comenzaba a teñirse de rojo a una velocidad alarmante. José seguía llorando desde la pieza, supongo que su sexto sentido le hacía saber que algo no estaba bien.

Como una criatura indefensa, tomé su liviano cuerpo y la recosté, con cuidado, casi con la misma gratitud que ella me había dado por llevarle café todas las mañanas. Sentí que debía tener respeto por su cuerpo y ese espíritu que lo abandonaba. También por su historia, su generosidad, y por su vida, que en cosa de minutos ya no estaba.

Lloré y seguí llorando sobre su cuerpo, mis lágrimas eran arenosas, nunca las había sentido así, quizás ahí empecé a secarme por dentro.

—¡Lucía, Lucía! No me dejes, Lucía. Te amo. No te vayas por favor, qué voy a hacer sin ti. ¡Perdóname, Lucía, perdóname! No te vayas, por favor —grité arrepentida.

Aun así, mi cuerpo seguía húmedo de transpiración, por todos mis poros brotaba agua como si fuera una pequeña llave mal cerrada. Estaba empapada. Abracé el anciano rostro de quien nos había cuidado los últimos meses, la besé. Le dije que la amaba.

Sentí a José llorar y me dio una clavada en la cabeza, un dolor que nunca antes había sentido, y no sé en qué momento ni como llegue a la habitación. Saqué a José de su cuna y me acurruqué con él.

Cuando desperté, todavía media aturdida, me puse los audífonos y seguí durmiendo por un rato más. Algo me pasó, quizás las ganas de que todo fuera una pesadilla, que hicieron que mi cabeza olvidara que fui yo la que mató a Lucía. Soy una asesina.

Mientras recordaba y narraba todo esto, de pronto pude volver de mí y me encontré de frente a Daniel, que me miraba estupefacto con los ojos llenos de lágrimas y con una mirada entre de dolor y terror.

—Perdóname Daniel, yo maté a tu mamá y no lo supe hasta ahora. Algo pasó dentro de mi cabeza que quiso saltarse esa parte de mi vida y quise creer que alguien más lo había hecho, pero fui yo. Estoy absolutamente loca y soy una asesina —le dije llorando desesperada.

—Estás absolutamente loca, ¿Quién eres? Dios mío, ¡Dios mío! ¿Qué te hizo mi mamá para merecer esto?

—Daniel, fue un accidente.

—¿Accidente le llamas a clavarle un cuchillo en el pecho?

—Estás absolutamente loca y tengo que salir de aquí.

—Maldición, ¿Por qué?, ¿Por qué? —gritaba mirando al cielo

—Es que no lo entiendo, ¿por qué la ibas a matar?

—De pronto Lucía sacó una escopeta, nunca antes la había visto, ni siquiera sabía que tenía una. Ahí entré en pánico y le supliqué que me escuchara, pero ella no sabía quién era yo, no me reconoció. Mis esfuerzos fueron en vano y mientras me apuntaba con la escopeta, rápidamente le quité la escopeta con una mano y con la otra, le clavé el cuchillo en el pecho —le dije en medio de lágrimas y sollozos desgarradores.

—¡No puede ser!, ¡No puede ser! —gritaba Daniel bañado en lágrimas y escupiendo saliva por la boca.

Mientras, la noche, las estrellas, la luna, el invernadero, los conejos, las flores y el cuerpo de Lucía, eran testigos de una de las noches más tristes y desoladoras de mi existencia. Pero también de la noche que me hizo más libre, y mi mente pudo sacarse las vendas y me pudo contar lo que había hecho y en quién me había convertido, aunque me muriera de dolor en el proceso.

A la mañana siguiente, Daniel tomó una mochila, la llenó de ropa, un saco de dormir, comida y se fue.

—Espero entiendas que no puedo seguir aquí —dijo antes de irse.

—Lo entiendo, solo quiero que te lleves estas cartas de tu mamá que escribió para ti durante mucho tiempo.

Me miró a los ojos, con esos hermosos ojos brillantes y la mirada más triste que le había visto, hizo un gesto de sollozo y se fue, internándose en el bosque, sin mirar atrás.

—Mamá, ¿Qué pasa? ¿Por qué se fue Daniel? ¿Va a volver?

—Mi amor, a veces las personas necesitamos tiempo. No sé si va a volver, pero esperemos que vuelva.

José se puso a llorar y comenzó a llamarlo con todas sus fuerzas.

Lo abracé y le dije que le diera tiempo. Que ahora Daniel necesitaba estar solo y que quizás, cuando se sintiera bien, iba a volver.

—¿Se fue por mi mamá? ¿Hice algo malo?

—No mi amor, Daniel te ama y le encanta pasar tiempo contigo.

No tiene que ver contigo, son cosas de él que tiene que pensar y aclarar.

—¿Pero por qué se va? ¿No puede pensarlas acá?

—Esta vez no, tesoro, necesita estar solo y tenemos que respetarlo. Lo Abracé fuerte y los dos lloramos hasta el cansancio. A José se le iba la única imagen de padre que había conocido y a mí se me iba el amor de mi vida. Y así fue, como una vez más, nos volvimos a quedar solos.

Capítulo 15

Aloe Vera

Qué pude haber hecho distinto para no matar a Lucía, en qué momento sacó esa arma, dónde la tenía que no me di cuenta. Lo que sé, es que, en esa circunstancia, nuevamente haría lo mismo.

Un par de días después, José y yo salimos solo a sacar los huevos que habían puesto las gallinas y revisar las trampas para conejos. Estábamos sumidos en una nube gris que hacía que los días fueran todos iguales. Estábamos bien, teníamos comida, pero solo podíamos pensar en Daniel. Qué manera de extrañarlo.

Su silueta, su sonrisa, sus carcajadas, su humor sarcástico. Los pedos que se tiraba mientras todos estábamos en el sillón viendo tele y después culpaba a José o a mí de su imprudencia. Todo con él eran risas, carcajadas, vivir la vida simple, alegre. Los días y el cansancio de la casa parecían pesar menos. La vida junto a él era mucho mejor, más divertida y auténtica. Extraño sus calcetines y su ropa interior tirada en el baño y su carita de lo siento, cuando le decía que parecía un niño malcriado. Desde que Daniel se fue, solo quedaron lágrimas y desconsuelo.

Intento darme ánimo por mi hijo, pero cargo el desconsuelo de haber perdido quizás mi última oportunidad de amar. No en un sentido dramático, sino real, estamos en el final de todo.

La vida me sorprendió y me encontré un tesoro, un vaso de agua en el desierto, un oasis en medio de la tormenta. Estoy segura de que me amaba. ¿Me extrañará? ¿Dónde dormirá? ¿Estará comiendo? ¿Seguirá vivo? ¿Lo habrán encontrado esas putas máquinas de mierda? ¿Dónde estás amor mío?

José me habla poco, se lo lleva leyendo los libros que leía junto a Daniel. Está molesto, contesta mal, no hace caso, no se quiere bañar. He tratado de hablar con él, pero me responde con monosílabos.

—José, cariño, por favor, háblame, quiero saber qué está pasando por tu mente —le dije intentando ser calma.

—¿De verdad quieres saber qué me pasa? ¿Qué le hiciste a Daniel para que se quisiera ir? Él estaba feliz acá, esta es su casa, era la casa de su mamá ¿Qué le dijiste para que se fuera?

—Mi amor, tuvimos unas diferencias, eso es todo.

—Te oí discutiendo con él la noche antes de que se fuera. No quise entrometerme porque entiendo que era una conversación de grandes, pero solo me queda pensar que le dijiste algo y se enojó. ¿No pensaste en mí acaso? ¿En cómo me iba a sentir si Daniel se iba? ¿Acaso no sabes cuánto lo quiero y lo extraño? —terminó de hablar, más bien de gritar y se puso a llorar.

Me acerqué y lo abracé fuerte. Le expliqué que yo también lo extrañaba y que deseaba con todas mis fuerzas que volviera.

—¿Y si le pedimos a Dios que vuelva? Daniel siempre me dijo que Dios estaba vivo y que uno podía conversar con él y pedirle cosas, que Jesús escuchaba. ¿Y si le pedimos?

—Si eso es lo que quieres hacer, hagámoslo.

José se puso de rodillas en medio de la sala sobre la alfombra al lado de la mesita de centro. Me tomó las manos, me pidió que hiciera lo mismo, cerró los ojos y comenzó a orar así;

—Padre nuestro, que estás en el cielo, santificado tu nombre, venga a nosotros el cielo, o el reino o algo así. No me acuerdo de qué más seguía, porque no me la terminé de aprender. Jesús, pero tú te la sabes y sabes lo que quiero decir. Solo te quiero pedir que cuides a Daniel, donde quiera que esté y que vuelva pronto porque lo extrañamos mucho. Y también que nos cuides a nosotros. Amén.

—Ahora tú tienes que hablar mamá y pedirle.

—Ok mi amor. Haré lo mejor que pueda.

—Jesús, durante muchos años he vivido lejos de ti, sin creer que existes. Sin embargo, creo que has hecho muchos milagros en mi vida. Me diste un hijo increíble, me permitiste escapar y encontrar este refugio y a Lucía-

En ese momento me puse a llorar y José también al ver mi llanto.

—Te pido perdón por todos y cada uno de mis errores, te pido que Daniel se encuentre bien, y que vuelva pronto, porque lo amamos y extrañamos mucho, amén.

Terminamos de orar y José me abrazó con una sonrisa. -Mamá, estoy seguro de que Daniel va a volver, Dios lo va a traer-

Yo no fui capaz de decirle nada, solo asentí con la cabeza y lo abracé. No podía arruinar esa ilusión y la esperanza que se le salía por los ojos.

Comenzaron a pasar los días y de a poco fuimos retomando nuestras actividades y obligaciones.

***

Lucía apoyaba la cabeza sobre una mano y con la otra escribía en su cuaderno de tapa negra y papeles que alguna vez fueron blancos, pero que se habían teñido de amarillo con el paso el tiempo. La luz tenue cobijaba a Lucía mientras ella se arrugaba para tratar de descifrar lo que estaba escribiendo. Al parecer, sus lentes de marco grande y cafés, que casi le cubrían toda la cara, ya no tenían el aumento indicado para su presbicia. Así la veía todas las noches con su cabeza apoyada en su mano, muy cerca del mesón, con tal de poder mirar más de cerca su escritura. Algunos días escribía mucho, otros, muy poco. Otros, sólo contemplaba muy concentrada en sus escritos. Siempre me dio curiosidad saber qué era lo que escribía, pero me apenaba preguntarle. No quería ser imprudente. Ya mucho estaba haciendo por nosotros acogiéndonos en su casa. De alguna forma me sentí cercana a ella. Sus ojos brillosos, café oscuro, su pelo largo y cano desplegado sobre su erguida y amigable espalda eran una guarida perfecta que hacía que su pecho se convirtiera en un lugar de paz, mientras sus brazos y largas manos, me abrazaban y me hacían sentir en casa. Ese aroma de su cuerpo que tenía impregnada toda la casa, como a una mezcla entre jazmín y jabón, se había hecho tan habitual para mí y José. Sentir ese olor de alguna forma me hacía saber que todo iba a estar bien, que aún había esperanzas.

Mi ropa también estaba teñida con su sangre caliente, espesa y oscura. De pronto sentí un ronquido dentro de su pecho, como si se escapara el último aliento de su ser. José no paraba de llorar, pero yo no me podía alejar de Lucía, más bien de lo que había sido su cuerpo. Ya era un hecho, Lucía estaba muerta y yo la había asesinado.

Lucía, te quiero. Fuiste como una madre para mí. Creo que desde donde estés, en el cielo cristiano del que tanto me hablaste, ya sabes y entiendes que no fue mi intensión asesinarte, menos de la forma en que lo hice. Te extraño siempre Lucía, aún me pregunto qué fue lo que te ocurrió ese día, por qué actuaste así, qué pasó por tu mente.

Amo a Daniel, me enamoré de él y él de mí. Hiciste un increíble trabajo como mamá, todo lo que me contabas de Daniel se queda corto. Es un hombre empático, colaborador, amable, cariñoso, bondadoso, igual que tú Lucía. Lo amo Lucía y lo quiero cuidar. Permíteme hacerlo, perdóname, dame tu bendición y tráelo de vuelta a casa, a su hogar para que lo pueda cuidar. Lo extrañamos tanto.

***

José me insistía que saliéramos a caminar por el bosque por si veíamos a Daniel. Yo le respondía que no era seguro, que no podíamos confiarnos y debíamos tener cuidado. Que nos podíamos encontrar a las máquinas en cualquier parte.

José refunfuñaba, pero me hacía caso. Recordaba todo lo que había pasado la última vez que desobedeció y se alejó de casa y cómo terminó esa historia.

Esa mañana le dije a José que fuera a buscar los huevos para hacer el desayuno. José usaba un suéter enorme que había dejado Daniel. No se sacaba nunca el suéter como si fuera un tesoro. Solo se lo quitaba para dormir porque le daba mucho calor. Era un suéter gris, nada especial. Tenía unas mangas que a José le quedaban enormes, pero él se las remangaba para poder usarlo. Todo el día estaba luchando con las mangas que se bajaban, pero él no desistía en usarlo.

Me di cuenta de que no había llevado la canasta para los huevos y si los traía en la mano, con ese suéter de mangas anchas y mucho más largas que sus brazos, nuestro desayuno iba a terminar en el suelo si no le llevaba la canasta. Tomé la canasta y escuché los ladridos de martín que eran muy poco habituales. Me acerqué a la puerta y por el vidrio de la ventana del costado, se cruzó un dron armado.

De pronto sentí un pánico incontrolable, José estaba afuera. Corrí a la bodega y saqué la escopeta. Estaba cargada lista para ser disparada. Me acerqué a la ventana más próxima al gallinero, que era la ventana del baño de la habitación principal. Vi que José sacaba los huevos sin darse cuenta del peligro al que se exponía. Abrí sigilosamente la ventana y me quedé esperando. Vi que el dron venía aproximándose al gallinero, apunté en el centro y disparé. El dron comenzó a dar vueltas como loco y disparaba para todos lados. Le grité a José que se tirara al suelo. En medio del desastre apareció otro dron, un poco distinto al anterior, que era negro y cuadrado. El nuevo tenía un aspecto más redondo y era de color blanco.

En un acto inexplicable le disparó al dron negro que no dejaba de girar en el aire y disparar para todos lados. El dron negro cayó al suelo mientras yo apuntaba al blanco y disparé. El dron blanco se fue a pique y aterrizó en el suelo destruido.

—¡José!, ¿Estás bien?

—Sí, mamá, tengo miedo —me gritó llorando

—Quédate donde estás, yo iré por ti.

Salí temerosa de la casa con la escopeta con la bala pasada, miré hacia todos lados dispuesta a disparar a lo que se me atravesara, mi instinto de supervivencia y mi vista se agudizó buscando en los cielos, o en el bosque algún blanco amenazador. Afortunadamente no había nada. Corrí al gallinero a buscar a José. Mi niño estaba todo sucio con tierra y caca de gallina, pero vivo. Lo abracé llorando mientras él me abrazaba y lloraba también.

—Ya pasó mi amor, estamos bien. Tranquilo ni niño, tranquilo-

De pronto escuché ruido, pasos rápidos que se iban acercando, y volví a tomar la escopeta para hacerle frente a lo que se viniera. Comencé a apuntar desde donde venía el ruido-

—¡Mamá no!, ¡Es Daniel!

Saqué mi ojo de la mira de la escopeta y pude ver la cara de Daniel que venía corriendo desesperado.

—¡Daniel! ¡Daniel! ¡Estamos acá! —gritó José, quien salió corriendo a su encuentro y se abalanzó a sus brazos.

Daniel lo tomó y lo abrazó con fuerza, tenía lágrimas en los ojos.

—Pensé que les había pasado algo, que los habían encontrado.

—Y así fue, pero mi mamá les disparó y cayeron. Fue igual que en la guerra de las galaxias, esa película que me mostraste la otra vez. Casi morí de miedo.

—Tu mamá es una heroína.

Yo no sabía qué hacer, si correr a sus brazos y abrazarlo o no hacer nada. Opté por la segunda opción. Me quedé con los brazos abajo, afirmando la escopeta, mientras mojaba con mis lágrimas a las gallinas que revoloteaban asustadas a mis pies.

De pronto no sé qué pasó y estaba en el sofá de la sala, acostada y José diciéndome que despertara y bebiera agua.

Abrí los ojos y estaba Daniel frente a mí. No aguanté más y lo abracé y lloré como una niña pequeña.

—Fuiste muy valiente —me dijo Daniel con sus ojos tiernos.

—He hecho cosas que no me las puedo creer, todo para sobrevivir y que mi hijo pueda crecer. Espero puedas entenderlo, haría cualquier cosa por él.

—Lo entiendo, por eso volví. Escuché el primer disparo y sentí terror de que algo les pudiera pasar. Me desesperé y me vine corriendo.

—¿Dónde estabas?

—En la cabaña del loco —me miró y me abrió los ojos. Tuve que limpiarla muy bien, sacar todo lo que no servía, tú me entiendes, y luego me quedé viviendo allí.

—Claro, entiendo —cómo no se me ocurrió antes, pensé.

De súbito José salió corriendo de la casa llamando a martín

—¡Martín! ¿Dónde estás? ¡martín!

Martín estaba tirado en la tierra, sangrando. Le habían llegado varios proyectiles del dron, pero todavía estaba con vida.

José lo abrazó mientras lloraba.

—Martín, no te mueras, martín, tú eres mi mejor amigo, no me dejes.

Me acerqué a martín, y le acaricié la cabeza.

—Mi amor, lamentablemente martín, partirá al paraíso de los perros. Sus heridas son muy serias. Ahora tenemos que despedirnos de él y dejarlo partir.

Lo acariciamos hasta su último aliento y le dimos las gracias por cuidarnos todos estos años. Por guiarnos y mostrarnos el camino a su casa, por hacernos reír, por acompañarnos, por ayudarme a encontrar a José la vez que se perdió, por ser el compañero fiel de José desde el día que lo conoció. Lo acariciamos y lo besamos hasta que su jadeo comenzó a ser cada vez más paulatino, hasta que dejó de respirar y su corazón se detuvo.

Fuiste un gran perro martín. Gracias, por tanto.

A la mañana siguiente desperté agotada, como si no hubiera dormido. Me dolía todo el cuerpo y sobre todo un hombro. El hombro donde apoyé la escopeta estaba completamente morado y me dolía mucho.

Salí afuera y Daniel y José hacían un hoyo para enterrar a martín. Les pregunté si querían desayunar y José me dijo que aún no, que antes teníamos que hacer el funeral de martín.

Volví a la cama y dormí un poco más.

Al rato, José volvió corriendo a decirme que ya estaba todo listo para el funeral. Que tenía que vestirme de negro. Era un día que no estaba para discutir, solo iba a acatar todo lo que me dijeran. No me daba la cabeza para pensar. Me puse un pantalón negro y un polerón oscuro, pero no negro. Salí afuera y estaban los dos con chaquetas negras.

—¿De dónde sacaron esas chaquetas?

—Mi mamá las tenía guardadas junto con unos vestidos de ella al fondo de la bodega —dijo Daniel.

—Mamá, ¿no tienes nada más elegante de color negro? Es un funeral.

—Hijo, si tuviera algo negro y elegante, ya me lo habría puesto. Cuando salí contigo en brazos, arrancando por el bosque, no me dio tiempo de empacar mi traje de funerales, lo siento.

Daniel se rio, pero se tapó la cara simulando un bostezo para que no lo viera José.

-Creo que mi mamá tenía algo que te puede servir, ven conmigo —dijo Daniel y lo seguí a la habitación de Lucía.

José se quedó afuera cortando flores para la tumba de martín. Mi corazón comenzó a palpitar fuertemente, desde aquella conversación que no había estado a solas en la misma habitación con Daniel.

—Daniel, ¿te vas a quedar? —le pregunté sin rodeos.

—Me quedaré —respondió Daniel.

No pude evitar sonreír y emocionarme hasta las lágrimas al mismo tiempo.

Daniel me tomó la mano, me la apretó con fuerza y me dijo

—Sofía, ustedes son mi familia, son lo único que me queda. Lo que pasó fue tremendamente desafortunado, pero en las cartas de mi mamá, pude notar que ella ya no estaba bien mentalmente. Creo que comenzó a tener algún tipo de enfermedad neurológica que afectó su memoria y no te reconoció. Tal como me contaste.

—¿Me podrás perdonar algún día? ¿Podrás vivir conmigo sabiendo que soy la asesina de tu mamá?

—Esa pregunta ya me la hice y no la había podido responder sino hasta ayer, cuando escuché los balazos y creí que los había perdido. Casi me volví loco de dolor pensando que estaban muertos.

—¿Entonces?

—Entonces estoy de vuelta y si quieres que me vaya, me vas a tener que sacar a tiros con esa escopeta —rio, con esa margarita marcada solo a un lado de su cara.

—Sofía, todo esto ha sido muy doloroso para mí, tú sabes que yo adoraba a mi mamá y el amor que sentía ella por mí, es inconmensurable. Me dejó unas cartas preciosas. Sé que ella te quería mucho y jamás te habría amenazado de estar completamente sana.

—Yo sé que me quería —siempre lo sentí.

—Es una historia tremendamente trágica, pero te conozco y sé que eres una buena persona y jamás la habrías dañado de no sentirte en peligro. No es que lo tenga superado del todo, pero ya no quiero vivir lejos de ustedes, creo que podemos superarlo juntos.

—¿Me perdonas? —le pregunté, esperanzada en que los milagros podían ocurrir, que Dios me había escuchado y que el perdón era posible.

—Ya te perdoné —respondió Daniel.

Lo abracé fuerte y él a mí. No era una historia de cuentos, yo estaba lejos de ser una princesa, las princesas no matan a la suegra que te recibió en su casa cuando no tenías nada. Pero éramos nosotros, éramos reales, llenos de errores y desaciertos, pero estábamos vivos y juntos, sobreviviendo a la mayor catástrofe y exterminio del planeta.

El funeral de martín se llevó a cabo en el jardín de las flores. martín tuvo su lugar cerca de su primera ama y todos nos vestimos de negro y elegantemente, tal como lo quería José y como lo había visto en las películas y series de las colecciones en DVD de Lucía.

José quería ponerle una bandera sobre el cuerpo de martín, antes de poner la tierra, pero le expliqué que no teníamos banderas y que eso se hacía para los funerales de militares o personas con algún tipo de jerarquía gubernamental. Entendió, pero se desilusionó un poco. Él quería el mejor funeral para su perro, que había sido más que un perro. Martín fue su mejor amigo y el único amigo que había tenido en toda su vida, hasta que llegó Daniel.

Pusimos su cuerpo tricolor en la tierra, le acomodamos sus largas orejas que algún día fueron café claro, pero ya estaban blancas de canas y José dijo unas palabras muy emotivas.

-Jesús, ahora que martín está contigo, cuídalo por favor. Gracias por todo el tiempo que nos cuidó y nos protegió siempre, hasta su último día. Solo te recomiendo que, si hay algún tipo de comida en el cielo, no la dejes cerca, porque se la va a comer toda. Amén.

Entre todos cubrimos a martín con tierra y pusimos sobre su improvisada tumba, las flores que José había cortado. Yo no dejaba de pensar que esa misma tumba podría haber sido para José, para mí o para ambos. Estoy tan cansada de vivir así, apartada, escondiéndonos. Cuando va a terminar todo esto. Mis lágrimas rodaron y todos pensaron que era por martín, pero no, fueron de cansancio, de agotamiento, de no querer seguir viviendo en esta situación. Sé que hemos estado protegidos, seguros, que no nos falta para comer y estar vivos en este momento es un milagro. Ahora que Daniel volvió, estoy absolutamente segura de que la vida será más linda. Todo junto a él es mejor, pero hasta cuando seguiremos así. Siento que no puedo más.

***

Habían pasado varios días del evento de los drones y me sentía un poco más recuperada. Los moretones en el hombro ya estaban comenzando a tomar un color verde amarillento y mi ánimo estaba repuntando. Estar en casa con Daniel nuevamente, con sus chistes, su risa, su ayuda, su desorden y su compañía, es todo lo que necesito para volver a mi centro nuevamente. José está feliz y cada vez recuerda menos a martín. Cuando se pone triste, lo consolamos con abrazos, con sus películas favoritas y alguna comida que le gusta.

—Daniel, el dron blanco le disparó al negro antes de que lo derribara.

—¿Cómo? —respondió sin entender nada de lo que le estaba hablando, como solía pasar cuando yo le comentaba algún pensamiento, pensando que él podía leer mi mente y seguir el hilo de mi propia conversación mental.

—El día de los drones, en el que regresaste, primero apareció un dron negro. Le disparé, se volvió loco disparando y después apareció otro blanco y lo derribó. Quiero decir que se dispararon entre ellos.

—Quizás ese día no estaban buscando humanos, sino que tenían una pelea entre ellos —respondió Daniel, con cara de estar pensando y analizando la situación. Se quedó pensando por unos minutos que se transformaron en horas. Mirando el techo como si resolviera cálculos matemáticos invisibles sobre las vigas de madera.

—Mañana por la mañana saldremos de la casa e iremos a la casa del loco —me dijo Daniel, después de hacer un análisis exhaustivo en su cabeza sin mencionar nada. En eso somos un poco parecidos. Ambos creemos que el otro nos debe leer la mente.

—¿Por qué haríamos eso?

—Porque que ese loco, si bien estaba loco, tenía una máquina antigua, que creo debe ser un telégrafo, que en algo nos puede ayudar.

—¿Un telégrafo? ¿Y eso cómo funciona? —pregunté sin entender nada.

Con líneas subterráneas tan antiguas, que la inteligencia artificial moderna no las puede captar.

—O sea que el loco tenía contacto con alguien, ¿o varios?

—Eso es lo que creo, y que no siempre usó la comunicación para cosas buenas, tú me entiendes.

—Ya veo —respondí suspirando.

—Recuerdo que el loco tenía un cajón lleno de papeles con escritos que para mí no tenían ningún sentido, pero quizás algo de cuerdo tenía este loco, mañana debemos ir a investigar.

—¿Sabes que para mí no es fácil volver a ese lugar, cierto? —respondí con cara de no querer ser parte de esta misión.

—Lo sé, pero también sé lo valiente que eres y que has pasado por pruebas peores durante estos años. Será difícil, pero también sé que puedes con eso —respondió.

A la mañana siguiente nos levantamos al alba, tomamos la escopeta y nos fuimos los tres caminando por el bosque hasta llegar a la cabaña del loco. Había atravesado ese mismo camino de noche con José en mis brazos y el corazón a mil por horas. Lo que antes me pareció un camino terrorífico, con la luz del amanecer se veía pacífico y hermoso. No había viento y los rayos del sol comenzaban a asomarse entre los pinos. Nos encontramos con varios conejitos en el camino, que huían de nosotros a toda prisa. La tierra estaba húmeda con el rocío de las primeras horas de la madrugada y el olor a pino y tierra mojada bañaba todo el bosque de un perfume cítrico terroso.

Cuando llegamos a la cabaña, me inundaron los recuerdos, los zapatos de José en la puerta, la cara de ese enfermo, el olor de esa casa. Cerré los ojos y respiré profundo. Me dije a mí misma que solo estaríamos unos minutos, tomaríamos la información y nos iríamos.

Cuando entramos, ya no estaba el olor nauseabundo, ni me parecía todo tan espantoso. Era una cabaña pequeña, sencilla, con lo primordial para vivir que tenía un telégrafo y aunque ninguno de nosotros lo supiera usar, seguro había mensajes que recibió el loco que nos daría algún tipo de información.

Al lado de la cocina había un escritorio antiguo de madera y patas de fierro. Se veía ordenado, claramente Daniel había pasado por este lugar y había limpiado y ordenado todo.

El escritorio tenía dos cajones de tamaño mediano, que se abrían con unas manillas de metal. Daniel se sentó en la silla frente al escritorio, que tenía un tapiz sucio y decolorado, y se apoyó en el respaldo, que se balanceaba un poco, pero resistía su peso y sus movimientos.

Daniel comenzó a tomar los papeles uno a uno y a leerlos.

—¿Es necesario que los leamos acá o podemos llevarlos y leerlos en casa? —pregunté.

—Tienes razón, mejor los leemos en casa —respondió después de ver la cara de José que no hablaba y estaba paralizado al lado de la puerta con ojos saltones. Comenzó a organizar los papeles y me pidió que aprovechara de sacar de esa casa lo que creía que podríamos necesitar.

Di un vistazo y la verdad es que nada me era suficientemente atractivo como para llevármelo a casa, hasta que abrí uno de los estantes de la cocina y había una bolsa grande de té en hoja. Después entré en confianza y encontré azúcar, enlatados, papel, lápices y tomé todo lo que pude y lo puse en mi mochila.

El camino de vuelta me resultó más corto. Me gustó caminar por el bosque y sentí una especie de goce de una pequeña libertad que nos permitía caminar por el bosque los tres juntos. Siempre hay gracia dentro de todo lo malo. Solo hay que tener los ojos y el corazón bien abiertos para verla.

Capítulo 16

Dedales de oro

Mi mamá y Daniel andan muy contentos, no sé qué están tramando. Seguro es una sorpresa para mí. Desde ese día que fuimos a la casa del vecino loco que andan de lo más simpáticos. Se ríen por todo y no me regañan por nada. Dicen que les queda poco a las máquinas. Parece que el loco tenía contacto con unos marinos, militares o algo así, le dijeron que las máquinas habían comenzado a destruirse entre ellas.

Mi mamá cree que tienen que haber empezado con los mismos problemas de los humanos, que cómo les dieron el poder de pensar por ellas mismas, entonces después de un tiempo, unas máquinas quisieron dominar a otras, hasta que se enfrentaron entre sí. Igual tiene sentido. Mi mamá es muy sabia, pero también buena para inventar historias, así que no sé qué pensar. Pero lo cierto es que se están enfrentando y hay grupos de humanos organizados para aprovechar que se están destruyendo. Finalmente, la película de la guerra de las galaxias se hizo realidad. A mí me gustaría ser más grande para ir a pelear como *Luke Skywalker*. Pero solo tengo ocho, no sé disparar y mi mamá no me dejaría.

201

A mi mamá le enseñó a disparar mi abuelo, no alcancé a conocerlo. Le pedí que me enseñe y me dijo que lo haría, pero cuando se murieran las máquinas y no tengamos que estar escondidos y, además, que tenía que ser más grande para eso. Yo me imagino que a los nueve o diez años me va a enseñar. Queda harto tiempo, pero no es tanto.

Creo que mi mamá está enferma. Tiene unas ojeras negras y vomita todos los días. Tengo demasiado miedo que se muera, ya se murió martín ¿Qué va a ser de mí? Daniel es bueno y divertido, y lo paso bien con él, pero no cocina tan bien. ¿Quién me haría dormir? A mí me gusta acurrucarme en los brazos de mi mamá y tocarle la orejita. Daniel Tiene unas orejas duras y extrañas, no es lo mismo. Además, la amo tanto. No sabría qué hacer si ella no estuviera.

Tengo mucho miedo de que se muera. Le voy a pedir a Jesús que, si está enferma, la sane.

—Mamá, tenemos que orar a Jesús con urgencia. Si ya nos escuchó una vez para que volviera Daniel, ahora también nos va a escuchar.

—Por supuesto mi amor, ¿Por qué quieres orar? —Respondió Sofía, extrañada.

—Por tu enfermedad, para que no te mueras —respondí con lágrimas en los ojos.

—Mi amor, pero si no estoy enferma.

—¿Cómo qué no?, tienes una cara espantosa y vomitas todos los días. No porque sea un niño significa que soy un tonto o que no entienda lo que pasa.

Daniel se quedó mirándome con una sonrisa y me pidió que me sentara en el sofá de la sala.

—Eres tremendamente inteligente y observador. Es cierto, tu mamá ha estado vomitando y no se ha sentido muy bien, pero no es porque esté enferma.

—¿Entonces qué es? —pregunté con insistencia.

Mi mamá, que estaba sentada al lado mío, me tomó la mano, me miró a los ojos con su carita de mami tierna y me dijo:

—Vas a tener un hermanito, o hermanita.

No lo podía creer. Era la mejor sorpresa de mi vida. Ahora yo sería el hermano mayor y podría enseñar, cuidar y mandar a mi futuro hermano. Esta sorpresa es mucho mejor que convertirme en un *jedi,* o volar una nave atravesando las estrellas.

Fue tanta mi alegría que les pedí que por favor fuéramos a celebrar mirando el mar desde la colina. Que ese era nuestro lugar de celebraciones y que mi mamá llevara la escopeta por cualquier cosa.

Me hicieron caso y fuimos todos atravesando los pinos, el sol estaba parado alumbrándonos y yo corría con los brazos abiertos y dando saltos de vez en cuando.

Cuando llegamos a la colina, nos sentamos todos en la tierra y contemplamos el mar, su inmensidad, el azul profundo y la espuma que dejaban sus olas.

—Daniel, ahora que vas a ser el papá de mi hermanito o hermanita, ¿te puedo decir papá yo también?

—Sería un honor para mí, hijo —dijo Daniel con agua en los ojos. Daniel se hace el que no llora, pero es igual a mi mamá, llora por todo.

Estuvimos en silencio por unos minutos, contemplando el paisaje, tomando sol, recostándonos sobre los palitos secos de las hojas de pinos.

Comenzamos a escuchar un ruido a lo lejos, mi mamá se paró inmediatamente, luego Daniel. Daniel nos dijo que entráramos un poco más al bosque, que ahí estábamos muy expuestos.

Le hicimos caso. El ruido avanzaba con rapidez y parecía que venía hacia nosotros. De pronto mi mamá mira al cielo y grita —¡Un helicóptero!

El helicóptero tenía un cartel amarillo con letras negras atrás, que ondeaba con el viento, pero se podía leer con claridad. El cartel decía "SOMOS LIBRES".

Y vi que mis papás se abrazaron y se dieron un beso. Nunca los había visto darse un beso así, hasta abrieron la boca, que asco. Pero me imagino que estaban muy contentos. Después me tomaron a mí en brazos y los tres saltábamos y gritábamos todos juntos.

—Si ya somos libres, ¿Podemos ir a la playa? Pregunté, esperando a que me dijeran que no, como casi siempre lo hacían cuando pedía salir de casa.

—¡Vamos! —gritó Daniel.

***

Recuerdo que ese día bajamos la colina como pumas, como si fuera un camino conocido, y nuestras piernas estuvieran acostumbradas a las rocas y las imperfecciones y sinuosidades de la colina. Cuando llegamos abajo no me detuve y corrí hasta llegar al mar. Por fin estaba frente a esa masa de agua gigante que siempre quise tocar. Miré el mar por unos minutos y ya no tenía dudas, era el mejor día de mi vida. Entré al agua con ropa, aunque me saqué los zapatos, mientras mi mamá me gritaba que no siguiera entrando, que no sabía nadar. Así que solo me mojé hasta la cintura. El agua era más fría de lo que me había imaginado y era asquerosamente salada. Llegó una ola gigante y me tiró a la orilla. Comprendí rápidamente que me iba a tener que entrenar en esto de entrar al mar y nadar.

El sol estaba radiante, miré atrás la colina y vi el bosque verde, tupido y majestuoso que me conoció desde pequeño, era el único lugar que conocía, era mi casa, pero algo me decía que venían cosas nuevas para nosotros.

Mi mamá y Daniel jugaban a la orilla del mar tirándose agua. Después mi papá salió corriendo y se largó a correr por la playa.

Mi mamá lo seguía de cerca entre carcajadas. Yo me uní a la carrera detrás de ella, sentí la brisa fresca golpeando mi cara y un olor a jabón y jazmín lo inundó todo.

Agradecimientos

Primero darle las gracias a Dios y su hijo Jesús por amarme tal cual soy y darme la posibilidad de escribir una novela. Un sueño que recién vengo a cumplir a los 41 años. Gracias a mis padres Marta Rojas y Hernán Donoso por amarme y creer en mí siempre. Gracias a mi esposo Patricio Navia por su apoyo, comprensión y amor. A mi hijo Daniel Navia Donoso por inspirarme a ser mejor cada día y por mostrarme un amor que hasta que lo tuve en mis brazos, no sabía que era posible.

Gracias a mi hermano Hernán Martín por siempre estar. A mis sobrinos Vicente, Agustín y Francisca. Angélica Acevedo y Vania Ávila. A mis abuelos Fresia, Martín, Adriana e Ismael. A mis amigas y amigos que hacen mi vida mucho mejor; Cecilia Alonso, Mónica León, Viviana Navarrete, Jeniffer Pavez, Ilia González, Marcela Olivares, María José Ilabaca, Carolina Rosas, Andrea Martínez, Soledad Martínez, Karen González, Susana Schlegel, Claudia Peralta, Marcelo Pizarro, Pablo González, Cesar Faúndez, Felipe Toledo, Jonathan Stevens, María Eugenia Larraín, Marcela Díaz, Sandra Pérez, Nora Doyharcabal, Benjamín Lorca, Valeria Díaz, Ana Estrada, Karla Ulloa, Israela Rosemblum, Karin Luck, María Paz King, Samuel Valenzuela, Rodrigo Navarro, Alberto Cárcamo, Paula Fraser, Irene de Federico, Claudia Valenzuela, Alejandra Ilica, Liliana Ayala, Jorge Bianchi, Fabiola Vanderwell, Paula Sánchez, Karla Osorio, Mauricio Zúñiga, Marcela Rivera. Muchos de estos amigos no hablamos hace buen tiempo, pero el recuerdo y el cariño siguen intactos. A todos los Navia, especialmente a mis cuñadas Anneris y Elaine. A Carlos Marambio, Ximena Soto, Miguel Concha, Carolina Onofri, Belmor Valdovinos, Cristian Villanueva, Patricia Salinas, Jorge Icarte, Danae Icarte, Jorge Icarte jr, Soledad Zabala, Juan Carlos Zapata, Juan Francisco Zapata, Miguel Berrios, Raúl Gallegos, Marcela Contreras, Marlene Bravo. Por supuesto agradecer a mis atómicas y fabulosas mamis carreteras, que me alegran la vida todo el tiempo; Jeni, Caro O, Coty, Claudia, Belén, Vivi, Sofya, Andre, Maya, Tamy, Pepa, Maricarmen, Nuria, Geo, Marce, Carla, Jess, Pao, Ericka, Celeste, Steph, Ellonna, Kenita, Lucía y Caro R.

A mi querida amiga y editora María Belén Medina, a personas que se han cruzado en mi vida y me han marcado para siempre en el mejor de los sentidos; Margarita González, Roberto Postigo, Patricia Agredo, María Guzmán, Manuel José Ossandón, Cristián Monckeberg, Martín Andrade, Dante Gebel.

Made in the USA
Middletown, DE
04 September 2024

59719926R00125